중1 수필을 만나다

국어 교과서 문학 읽기 ❸

중 1 수필을 만나다

1판 1쇄 인쇄 2011년 6월 20일
1판 1쇄 발행 2011년 6월 25일

엮은이 김상욱 · 오윤주
펴낸이 김두레
펴낸곳 상상의힘

편집 박윤주
디자인 김보경
사진 이예린
만화 박성치

등록 제2010-000312호(2010년 10월 19일)
주소 135-880 서울시 강남구 삼성동 157-3 LG트윈텔 2차 1707호
영업 전화 070-4129-4505 **팩시밀리** 02-2051-1618
홈페이지 www.sang-sang.net

©상상의 힘, 2011

ISBN 978-89-965492-6-0 44810
ISBN 978-89-965492-0-8(전6권)

중1 수필을 만나다

김상욱 · 오윤주 엮음

사이사이의힘

일러두기

· 7차 개정 중학교 1학년 검정 교과서(23종 92책)『국어』, 『생활국어』에 수록된 수필 중에서 40편
  을 수록하였습니다.
· 수록된 수필은 원문 그대로 살려 실었습니다.
· 맞춤법과 띄어쓰기는 현행 표기법에 따르는 것을 원칙으로 하였으나, 특별한 경우 작가가 선택
  한 비표준어는 최대한 원문대로 살려 놓았습니다.
· 작품 이해에 필요한 낱말은 작품의 아래쪽에 풀이를 달았습니다.

책을 펴내며

어제까지만 해도 어린이였고 초등학생이었는데, 이제 청소년이 되고 중학생이 되었네요. 축하합니다. 성장한다는 것은 여전히 고마운 일이랍니다. 그런데 성장이란 나이를 더 먹는 것만을 뜻하지는 않습니다. 마음이 더 풍성해지고 생각이 더 깊어지지 않으면, 겉만 성큼 자란 것일 뿐 제대로 된 성장이라고 할 수도 없습니다.

무엇보다 생각과 느낌을 깊고 넓게 하려면 독서가 가장 중요한 일이 되어야 합니다. 물론 우리는 지금까지 책을 읽기는 했습니다. 하지만 이제 다른 책을 읽어야 합니다. 동화책이 아니라 소설을 읽어야 하고, 동시가 아니라 시를 읽어야 합니다. 만화나 삽화가 많은 보기 좋은 책이 아니라, 한층 더 치밀하게 생각을 펼쳐내는 책을 읽어야 합니다. 그러자면 새로운 종류의 책들에 익숙해져야 하겠지요. 그 첫 자리에는 시와 소설, 그리고 수필 등의 문학 작품이 있습니다. 문학은 인류가 이루어낸 문화적 유산 중 가장 알찬 것이기도 하기 때문입니다.

이 책은 중학교 교과서에 바탕을 두고 만들었습니다. 초등학교와 달리 중학교 교과서는 1종류가 아닙니다. 중1은 23종이나 되고, 중2, 중3은 그보다는 적습니다. 그러니 학교에서 선택한 1종의 교과서보다는 읽을거리가 많이 늘어난 셈입니다. 교과서를 만든 사람들이 정성껏 고르고 고른 좋은 읽을거리가 여러 교과서에는 많이 펼쳐져 있습니다. 이 책은 이 가운데 좋은 문학작품들, 곧 학생들의 발달에 맞는 작품들을 중심으로 선택한 작품 선집입니다. 그리고 교육과정에 맞게 작품을 적절하게 배열하였고, 작품을 통해 무엇을 익혀야 할 것인지 역시 상세하게 해설해 두었습니다.

이 책을 통해 여러분은 중학교의 국어와 한결 가까워질 것입니다. 아니 국어뿐만이 아닙니다. 언어를 사용하는 모든 교과들을 한층 더 잘 이해하게 될 것입니다. 틀림없이 여러분들 성장의 밑거름이 되어 줄 것입니다. 자신만만해도 될 만큼 이 책들은 독자를 생각하며 정성을 기울여 만들었습니다. 아무쪼록 새로운 출발에 좋은 동무가 되기를 기대합니다.

2011년 6월
김상욱·오윤주

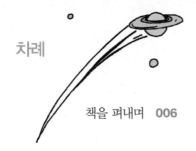

차례

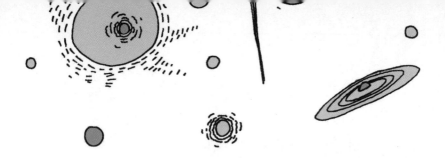

세 번째 이야기 · 다른 삶과 만나다

나의 삶,
누군가의 삶

샘, 수필들을 읽고 나니 마치 제가 이 사람들의 삶을 다 같이 산 것 같아요.

그렇지? 그게 바로 수필을 읽는 재미지. 내가 겪지 못한 일들도 생생하게 함께 겪어볼 수 있거든.

앗, 너무 책을 많이 읽으면 빨리 늙겠군요. 다른 사람들의 삶을 다 살아보니 말예요.

우리에게 주어진 삶의 시간은 단 한 번뿐. 눈 깜짝할 사이에 휙휙 삶은 지나가 버리지요. 그래서 우리가 접할 수 있는 경험은 아주 제한된 장소와 시간과 사람에 국한됩니다.

그런데 저마다의 삶과 생각이 담긴 수필을 읽으며 우리는 많은 이들의 삶을 다 살아볼 수 있게 된답니다. 마치 우리가 직접 그 삶을 살아본 것처럼 말이지요. 나의 삶과 그들의 삶을 비교해 보면서, 가끔은 이런 삶도 있구나, 이런 생각을 할 수도 있겠구나, 하고 당혹스러움을 느끼기도 하면서, 또는 맞아, 맞아. 나도 그래, 하고 마음속 깊이 공감하기도 하면서 말입니다. 그것을 우리는 '간접 경험'이라고 부르기도 합니다. 그런 많은 경험들을 자양분으로 삼아 우리의 생각과 마음은 쑥쑥 커나가는 것이지요.

자, 다른 이의 삶을 함께 살아보러, 출발해 볼까요?

나는 중학생

이순원

열세 살 때 나는 중학교 1학년이었다. 그해, 내가 중학교에 들어가고 형이 서울에 있는 대학에 들어가며 나는 비로소 한 지붕 아래의 천재로부터 해방되었다. 아마 나만큼 형의 합격을 진심으로 기원하고 (그렇게 잘났으니까 어련히 합격하랴마는 그래도 사람의 일이란 언제 어떤 실수가 있을지 모르니까) 기뻐했던 사람도 없을 것이다. 그동안 형은 사사건건 내 머리를 나무라고 손발을 동정했다. 서울로 올라가기 전에도 형은 내게 그런 말을 했다.

"나 없더라도 공부 열심히 해, 인마. 머리가 안 따르면 나중에 손발이 고생하니까."

인정하고 싶지 않지만, 어쩌면 형은 남보다 일찍 시작될 내 손발의 고생을 미리 알았던 것인지도 모른다. 그러나 아직은 중학교 1년생이었다. 그것도 남들보다 한 해 빨리 학교엘 들어가 그렇게 된 것인데, 그때 내가 알았던 세상은 얼마만 한 크기였던 것일까. 한 번도 그 크기를 재 본 적이 없는 것 같다. 그때의 내 얼굴조차 가물가물하다. 가지고 있는 앨범을 뒤져봐도 그때의 사진 같은 건 보이지 않는다.

그러나 그것까지 내 불찰인 것은 아니다. 자식이 중학교 들어가면 그걸 기념해 한 판 멋지게 박아놓을 만도 한데, 나를 보듯 우리 아버지도 어머니도 도통 자식들의 그런 외형적인 성장에 대해선 관심이 없었던 모양이다. 아니면 30년 전 그때, 일부러 시내 사진관을 찾아가 그런 기념사진 한 판 박는 것이 지금 텔레비전에 출연하는 것만큼이나 아주 특별한 일처럼 여겨졌거나. 어쨌거나 열세 살 때의 내 사진은 이 세상 어디에도 없다. 박아놓지 않은 것이다. 남들은 그 나이에 어른들 세계의 이치를 깨닫고 남은 삶의 뒷모습까지 헤아리게 되었다는데, 아무리 시골에서 살았다 해도 그렇지 그때의 내 모습을 되돌아볼 사진 한 장이 없다니 여간 안타깝지 않다.

물론, 있다고 해도 크게 달라질 것은 없다. 다만 그때의 내 모습을 다시 보게 되면, 그 모습과 그 얼굴로 이 세상에 대해 어떤 생각을 했을까 하는 것을 그래도 조금은 구체적으로 떠올릴 수 있지 않을까 하는 아쉬움이 남는다는 얘기다.

열두 살 때와 열네 살 때의 것은 있다.

이상하게도 그땐(그러나 조금도 이상할 것 없이) 사진이라고 하면 꼭 무슨무슨 기념되는 날에만 단체로 한 장씩 박곤 했다. 열두 살 때의 사진 역시 그렇게 단체로 박은 것이었다.

그때 딱 한 장 박은 사진으로선 꽤 큰 크기여서 자로 재보니까 가로 19.5센티미터, 세로 15센티미터나 된다. 그 안에 ○○초등학교 제21회 졸업생 52명의 얼굴이 손톱만 한 크기로 촘촘하게 박혀있다. 그리고 교장 선생님과 교감 선생님, 담임이었던 6학년 선생님. 그때에도 학생 수가 많은 도시의 학교들은 앨범이라는 것을 만들었겠지만, 우리에겐 그 단체 사진 한 장이 앨범 대신이었다. 운동장 한가운데 책상과 걸상을 계단처럼 쌓아놓고 그 위에 세 줄로 늘어서서 박은 것인데, 유독 내 얼굴만 젖은 양말을 입에 물다 뱉은 것처럼 오만상을 다 찌푸리고 있다. 사진 아래에 '벗들아 영원히 잊지 말자. 졸업기념. 1969. 2. 10.'이라고 쓰여 있어 그것이 열세 살 때의 것이 아닌가 생각할 수도 있겠지만, 2월 10일은 졸업식이 있던 날이고 사진은 그보다 두 달 빨리 박은 것이다.

"인상 하고는. 꼭 『삼국지』에 나오는 위연 같다."

학교에서 사진을 받아왔을 때 형이 말했다. 언제나 그런 식이었다.

"어디가?"

『삼국지』는 4학년 때부터 매일 한 시간씩 할아버지와 할머니가 계시는 사랑에 나가 그것을 읽어드리느라고 나도 여러 번 보았다. 아무리 어리고 생각 없이 자라도 거기서 나오는 위연이 누군지, 어떤 사람인지 정도는 안다. 그러니까 제갈량이 오장원에서 자신의 수를 빌 때 등잔을 쳤던 사람. 그러니까 형의 그 말은 '너는 위연이고 나는 제갈량이다.'하는 뜻까지를 포함해서였다.

"머리는 안 좋은 게 꼭 나쁜 생각만 골라서 하거든. 너처럼 뒷머리 비스듬하게 나온 반골도 있고."

"앞으로 박은 사진인데 그런 게 어디 보인다고?"

"안 봐도 아는 거지."

정말 사진 속의 내 얼굴은 그렇게 『삼국지』의 위연처럼 나왔다. 아직 해가 다 지나가지 않은 열두 살 때라지만 그런 얼굴로 내가 세상의 무엇을 헤아리고 말고 할 게 있었겠는가. 그래서 더욱 열세 살 때의 사진 한 장이 있었으면 하는 것이다. 중학교 교복을 입고 그 위에 반듯한 학생모를 쓰고 찍은 사진이 있다면, 억지로라도 그때 그 나이에 했을 법한 제법 그럴듯한 생각 하나 떠오를지 모를 일이다.

그래도 그런 생각 하나는 했을지 모른다.

'열심히 공부하여 훌륭한 사람이 되자. 이제 중학생이 되었는데.'

'인내는 쓰나 그 열매는 달다.'

그런 것도 책상머리에 하나 붙이고…….

그 열세 살 때의 이야기 중 빼놓을 수 없는 것 하나가 있다.

중학교에 입학할 때 내 키는 140센티미터가 채 되지 못했다. 교복 바지도 두 번 걷어 올려 입었다. 윗도리도 손을 내리면 거의 도포 수준이었다. 그래도 오래 입어야 하니까 어머니가 무조건 큰 걸 사 입힌 것이다. 거기에 월요일부터 금요일까지의 책가방 무게가 족히 4킬로그램은 넘었을 것이다. 처음 얼마 동안은 일주일 내내 그걸 한 번도 펼쳐본 적도 없고, 또 펼쳐볼 일이 없더라도 '동아 신콘사이스 영어사전'만큼은 꼭꼭 가지고 다녔다. 왜냐면 그것이 초등학교를 졸업할 때 학교 대표로 받은 교육장 상의 부상이었기 때문이다. 그러니까 이제 겨우 영어 스펠의 대문자와 소문자, 또 그것의 인쇄체와 필기체를 배우던 첫 시간에도 나는 그 사전을 책상 한 귀퉁이에 올려놓았다. 왜냐면, 그것이 선생님한테나 급우들한테 내가 누군지를 말해주는 훌륭한 증거물이었기 때문이다. 또, 서울로 올라가기 전 영어 공부에 대해 형도 그렇게 말했다.

"영어 공부는 다른 게 없다. 영어가 안 든 날에도 사전은 꼭 가지고 다녀라."

그러나 형의 말을 들어서가 아니라 촌에서 왔다면 무조건 무시하려 드는 시내 아이들에 대해 '나도 이 정도는 된다.' 하고 내세울 수 있는, 비록 조그마한 학교지만 그 학교의 대표로 받은 교육장 상의 부상이었기 때문이다. 자연 가방이 무거워질 수밖에 없었다.

거기에 학교를 오가는 길도 여간 멀지 않았다. 아침저녁으로 20리, 하루 40리 길을 빠른 걸음으로 매일 세 개의 큰 고개를 넘어 세 시간씩 걸어 다녀야 했다. 고등학교 형들을 따라갈 때면 팔뚝을 가방 끈 사이로 끼워 넣어 들고 연신 종종걸음을 쳐야 했다. 나중에 보면 뱀이 휘감은 듯 팔뚝에 가방끈 자리가 나곤 했다. 아침 새벽밥을 먹고 학교로 가 여섯 시간이나 일곱 시간을 마친 다음 집으로 돌아오면 늘 저녁때가 되곤 했다. 세상일을 생각할 겨를도 없이 저절로 녹초가 되지 않을 수 없었다. 그러나 마음까지 녹초가 되었던 건 아니다. 처음엔 꿈도 참 야무졌다. 펼쳐보지도 않을 영어사전을 가방에 넣어 다니듯 어떤 식으로든 나는 선생님이나 급우들한테 내 자신의 존재를 알리려고 애썼다. 작다고, 혹은 촌에서 왔다고 만만히 보지 마라. 영어사전만으로는 성에 차지 않아 뭔가 남들 앞에서 크게 한 번 잘난

척을 해보고 싶은데 그 기회가 영 오지 않는 것이었다.

그러던 어느 날 그 기회가 왔다.

"이 반에는 문교부장관이 누군지 아는 사람이 있나?"

5월 어느 날 국어 시간이었다. 솔직히 지금도 교육부 장관이 누군지 모르고 사는데 이제 갓 중학교에 들어간 놈들이 그걸 알 턱이 없었다. 모두들 꿀 먹은 벙어리처럼 선생님의 얼굴만 쳐다보고 있는데 선생님이 묘한 힌트를 던지는 것이었다.

"문교부에서 발간한 책엔 장관 이름이 안 나오나."

아무도 손을 들지 않자 혼잣소리로 선생님은 국어책을 이리저리 살펴보았다. 나도 얼른 국어책의 제일 뒷장을 열어보았다. 그러나 펴낸이만 문교부로 나와 있을 뿐 장관 이름은 나와 있지 않았다. 그렇다면 다른 책엔 혹시 나올지도 모른다는 암시가 되는데, 저 혼자만 영악하고 저 혼자만 헛똑똑해 빠진 내가 그 눈치를 모를 리가 없는 것이다. 나는 가방 속에서 얼른 다른 교과서를 꺼냈다. 생물과 물상을 한데 묶은 과학책이었는데, 거기에 바로 장관 이름이 나와 있는 것이었다. 겉장 제일 꼭대기 오른쪽에 '문교부장관 검정필'이라고.

검씨라는 성이 조금 이상하긴 했지만, 당장 우리 반에도 감씨와 견씨 성을 가진 아이가 있는데, 그런 성이라고 왜 없으랴 싶었다. 높고 훌륭한 사람들 중엔 더러 그렇게 우리가 잘 들어보지 못한 귀한 성을 가진 사람도 있는 법이었다.

나는 기운차게 손을 들었다.

"어, 그래도 이 반엔 아는 사람이 있네."

선생님도 반가운 얼굴이었고, 나를 쳐다보는 급우들의 얼굴도 역시 콘사이스는 달라, 하는 것 같았다.

"누구지?"

나는 '콘사이스'의 명예를 걸고 큰 소리로 대답했다.

"우리나라 문교부장관의 이름은 검정필입니다."

"검정필?"

"예, 책에 나와 있습니다."

나는 자신 있게 말하며 책상 위에 올려놓은 과학책을 들어보였다. 아이들은 다시 역시, 하는 얼굴로 나를 바라보거나 성급하게 가방에서 과학책을 꺼내들기도 하였다. 뭔가 이상하다는 낌새를 느낄 사이도 없이 선생님은 바로 포복절도를 했다. 선생님이 왜 웃는지 나도 몰랐고 아이들도 몰랐다. 직감적으로 뭔가 틀린 대답이라는 건 알았지만, 그새 장관이 바뀌어서 그럼 이건 그 전 장관의 이름인가 생각했다. 그래서 새삼 선생님이 교실에 와서 그것을 물은 것이고.

"으허, 으허, 그건 말이지. 문교부장관의 이름이 아니라, 으허, 으허…… 그 책을 너희들이 배우는 교과서로 문교부에서 검정을 필했다는, 그러니까 문교부의 검사를 받고 허락을 받았다는 뜻이다. 그런 걸 으허, 으허, 문교부장관 이름이 검정필이라고, 으허, 으허, 살다가 이렇게 배꼽 빠지게 웃는 날도, 으흐, 있네."

그제서야 반 아이들도 와, 하고 책상을 치며 웃었다. 손을 들기 전 마지막까지도 검씨 성이 미심쩍기는 했지만 누가 그런 걸 알았나. 그게 장관의 이름이 아니라 문교부 검정 교과서라는 뜻인지. 짜식들, 자기들도 몰라서 역시 콘사이스는, 하고 바라보던 녀석들이 선생님의 설명을 듣고 나선 모두 날 배삼룡 취급하려 드는 것이었다. 헤이, 검정필! 하면서.

형의 말이 틀리지 않았다.

"넌 꼭 『삼국지』에 나오는 위연 같다. 머리도 안 좋은 게 꼭 나쁜 생각만 골라서 하거든."

더러 천재들은 그렇게 앞날을 보기도 하는 모양이었다. 그다음 날부터 중학교를 졸업할 때까지 다시는 콘사이스를 넣고 다니지 않았다. 이미 창피를 떨 만큼 떤 것이었다.

나의 열세 살은 그렇게 지나갔다. 단 한 번의 잘난 척으로 장관의 이름을 바꿔준 것 말고는 세상 어느 일과도 상관없이, 내가 그것을 들여다본 적도 없었고, 그것이 날 들여다본 적도 없이. 🐌

중학생이 된다는 것. 일생일대의 대사건이 아닐 수 없겠지요. 우리 삶에는 몇 개의 커다란 굽이들이 있지요. 때로는 주먹을 꼭 쥐고 결연한 마음으로 발걸음을 떼어야 할 때도 있답니다. 스스로가 몹시 자랑스럽고 뿌듯한 순간도 있을 테고, 부끄러운 순간, 자기 자신이 영 마음에 차지 않는 순간도 있을 것입니다. 그 굽이들을 지나갈 때마다 우리들의 몸과 마음과 생각은 훌쩍 자라나겠지요.

"여러분의 현재는 어떤 모습인가요?"

생각의 마중물

나의 현재 모습을 찰칵, 마음속 사진기로 찍어 보고, 어떤 모습인지 간단히 글로 써 봅시다.

큰 열매를 맺는 꽃은 천천히 핀다

이순원

초등학교를 졸업한 지 35년이 지난 지금도 우리 시골친구들은 언제나 '희망등 선생님' 얘기를 한다. 강릉에서 오랫동안 교직 생활을 하시다가 몇 년 전 정년 퇴임하신 권영각 선생님이 바로 그분이다.

우리가 선생님을 처음 만난 건 초등학교 5학년 때였다. 전기도 들어오지 않는 대관령 산간 마을에 그때 나이로 스물다섯 살쯤 된 새 신랑 선생님이 전근을 오셨다. 다른 선생님들은 강릉에서 자전거로 통근하셨지만, 선생님은 전근 온 지 한 달 만에 학교 옆에 방 한 칸을 얻어 사모님과 함께 들어오셨다. 도시 아이들보다 상대적으로 불리한 여건에서 공부를 하는 우리들을 위해 일부러 산골 마을로 들어와 신혼살림을 차리신 것이었다. 그때 우리는 너무 어려 그 뜻을 잘 몰랐다.

선생님은 다음 날부터 저녁마다 교실에 남포를 밝혀 놓고 우리의 처진 공부를 채워 주셨다. 중학교를 시험 봐서 들어가던 시절이었다. 그때 선생님 책상에 놓인 남포의 상표가 바로 '희망등'이었는데, 우리는 선생님을 그렇게 불렀다. 지금도 우리 친구들은 선생님을 '희망등 선생님'이라고 부른다.

얼마 전 동창회를 했을 때, 한 여자 친구가 이런 말을 했다. 그때 선생님이 사모님과 함께 학교 옆에 들어와 사시는 모습을 보고, 자기도 이 다음에 어른이 되어 결혼을 하면 꼭 저렇게 좋은 모습으로 살아야겠다고 생각했다는 것이다. 선생님은 사모님과 함께 시골에 들어와 사시는 모습으로도 어린 제자들에게 큰 희망을, 모범을 보여 주셨다.

초등학교 5학년 2학기 때의 일이다. 군 대회같이 큰 백일장은 물론이고 교내 백일장에 나가서도 매번 떨어지는 나에게 선생님은 이런 말씀을 하셨다. 나는 그때 군 대회에 나가 아무 상도 받지 못하고 빈손으로 돌아온 다음이어서, 어린 마음에도 참으로 크게 낙담한 참이었다. 그런 나를 선생님이 학교 운동장 가에 있는 커다란 나무 아래로 불렀다.

"너희 집에도 꽃나무가 많지?"

"예."

"같은 꽃 중에서도 다른 나무나 가지보다 더 일찍 피는 꽃이 사람의 눈길을 끌지. 그렇지만 이제까지 선생님이 보니까, 너무 일찍 피는 꽃들은 나중에 열매를 맺지 못하더라. 나는 네가 어른들 눈에 보기 좋게 일찍 피는 꽃이 아니라 이다음 큰 열매를 맺기 위해 조금 천천히 피는 꽃이라고 생각한다. 선생님이 보기에 너는 클수록 단단해지는 사람이거든."

어린 영혼에 대한 격려는 바로 이런 것인지 모른다. 나에게만 그랬던 것이 아니라, 저마다 방법이 달랐지만 우리 친구들 모두 '희망등 선생님'에게 그런 사연 하나씩 가지고 있다. 너는 손재주가 참 대단하구나. 또 너는 이런 것을 잘하는구나. 그리고 너는 또 저런 것을 참 잘하는구나. 집안이 가난해 중학교를 가지 못하는 친구에게, 지금은 집안이 가난해 중학교를 가지 못해도 너는 부지런하니까 이 부지런함만 잃어버리지 않는다면 어른이 되어서도 큰 부자로 살 거다. 그렇게 선생님은 우리들 하나하나에게 칭찬으로 용기를 주셨다.

선생님은 우리가 앞으로 어른이 되어 살아가는 동안, 어디 가서도 기죽지 않고 자신의 뜻을 펼칠 자신감을 어린 가슴마다 심어 주신 것이다. 나는 스물한 살 때부터 본격적인 작가 수업을 했다. 10년 가까이 신춘문예에 연속해서 낙방하면서도 포기하지 않았던 것은, 어린 시절에 들은 선생님의 격려 한마디가 힘을 주었기 때문이리라. 이렇듯 사람은 누군가의 칭찬과 격려로 자란다.

지난번 뵈었을 때 선생님은 어른이 된 우리 친구들을 하나하나 칭찬하며 '훌륭한 제자들을 두고 있는 것이야말로 얼마나 좋으냐'고 하셨지만 정말 이렇게 훌륭한 선생님을 마음속에 두고 있는 것이야말로 얼마나 아름답고 행복한 일인가. ✑

누군가의 삶에 빛을 던지는 '희망등' 선생님과 같은 분이 내게는 있었는가 생각해
봅시다. 그는 누구이며 어떤 분이셨는가 써 봅시다.

어느 날 자전거가
내 삶 속으로 들어왔다

성석제

초등학교 6학년 겨울, 추첨으로 중학교를 배정받고 보니 읍내에 둘 있는 중학교 중 공립이었고 아버지와 형이 졸업한 전통 있는 학교였다. 문제는 초등학교 때처럼 걸어서 다니기는 힘든 거리라는 점이었다. 버스가 다니지 않았고 자가용은 물론 없었다.

내 고향은 분지여서 산으로 둘러싸인 읍내는 평탄했고 집집마다 자전거가 없는 집이 없었다. 그렇긴 해도 아이들을 위해 자전거를 사주는 부모는 극소수였다. 대부분의 아이들은 성인용 자전거의 삼각 프레임 사이에 다리를 집어넣고 페달을 밟아서 앞으로 진행하는, 곡예를 연상케 하는 자세로 자전거를 탔다. 나는 그런 아이들이 부럽기도 하고 경망스러워 보이기도 해서 운동 신경이 둔하다는 핑계로 자전거를 탈 생각을 하지 않고 있었다. 그러나 이젠 선택의 여지가 없었다.

내가 자전거를 배우기 위해 큰집에서 빌린 자전거는 읍내로 출퇴근하는 아버지의 자전거보다 더 무겁고 짐받이가 큰 '농업용' 자전거였다. 그 대신 자전거가 아주 튼튼해서 자전거를 배우자면 꼭 거쳐야 하는, '꼬라박기'를 무난히 감당해 낼 수 있을 듯 보였다. 내 몸이 그걸 견뎌 낼 수 있을지, 내 마음이 그 창피함을 견뎌 낼 수 있을지 의문스럽긴 했지만.

나는 오전에 자전거를 끌고 사람이 없는 운동장으로 갔다. 시멘트 계단 옆에 자전거를 세운 뒤 안장에 올라가서 발로 연단을 차는 힘으로 자전거의 주차 장치가 풀리면서 앞으로 나가도록 했다. 바퀴가 두 번도 구르기 전에 자전거는 멈췄고 나는 넘어졌다. 같은 식의 시행착오가 수백 번 거듭되었다. 정강이와 허벅지에 멍 자국이 생겨났고 팔과 손의 피부가 벗겨졌다. 나중에는 자전거를 일으키는 일조차 힘이 들었다. 마지막으로 쓰러졌을 때 어둠이 다가오고 있는 걸 알고는 막막한 마음에 자전거 옆에 한참 누워 있다가 일어났다.

동네로 돌아오는 길에는 오십 미터쯤 되는 오르막이 있었다. 오르막에 올라가서 숨을 고르다가 문득 내리막을 달려 내려가면 자전거를 쉽게 탈 수 있지 않을까 하는 생각이 들었다. 내리막 아래쪽은 길이 휘어 있었고 정면에는 내가 어릴 적 물장구를 치고 놀던 도랑이 기다리고 있었다. 그리고 그 옆에는 다음 해 봄에 거름으로 쓸 분뇨를 모아 두는 '똥통'이 있었다. 내가 자전거를 통제하지 못하게 된다면 결말은 단순했다. 운 좋으면 도랑, 나쁘면 똥통.

그럼에도 불구하고 나는 돌을 딛고 자전거에 올라섰다. 어차피 가지 않으면 안 될 길. 나는 몸을 앞뒤로 흔들어 자전거를 출발시켰다. 자전거는 앞으로 나아가기 시작했다. 페달을 밟지 않고도 가속이 붙었다. 나는 난생처음 봄을 맞는 장끼처럼 나도 모를 이상한 소리를 내지르며 자전거와 한 몸이 되어 달려 내려갔다. 가슴이 터질 듯 부풀었고 어질어질한 속도감에 사로잡혔다. 어느새 내 발은 페달을 차고 있었고 자전거는 도랑과 똥통 옆을 지나고 있었다. 나는 삽시간에 어른이 된 기분으로 읍내로 가는 길을 내달렸다.

그날 나는 내 근육과 뇌에 새겨진 평범한, 그러면서도 세상을 움직여 온 비밀을 하나 얻게 되었다. 일단 안장 위에 올라선 이상 계속 가지 않으면 쓰러진다. 노력하고 경험을 쌓고도 잘 모르겠으면 자연의 판단 - 본능에 맡겨라.

그 뒤에 시와 춤, 노래와 암벽 타기, 그리고 사랑이 모두 같은 원리에 따라 움직인다는 것을 나는 깨달았다. 비록 다 배웠다, 다 안다고 할 수 있는 건 없지만. 🖊

소곤소곤

세상에 태어나 처음으로 걸었던 순간을 혹시 기억하나요?

짧게는 일 년에서 길게는 이 년 동안 수많은 넘어짐의 기록 끝에 우리는 지금처럼 아주 유연하게 걷고 뛰고 달리게 되었지요. 딱지치기, 연날리기, 도형의 면적 구하기, 영어 일기 쓰기 등등. 아직 해 보지 않은 일은 어렵게만 느껴지지만, 아무리 노력해도 되지 않을 것처럼 서툴게만 여겨지지만, 어느 순간 바람처럼 훌쩍, 능숙하게 그 일을 할 수 있게 되는 때가 오게 되는 것. 무수한 도전과 실패 후에 갑작스레 본능적으로 알게 되는 깨달음의 순간이 오는 것. 그 순간을 한 번 경험해 본 이는 인생의 큰 비밀 하나에 반짝 눈을 뜨게 된다지요. 시와 춤, 노래와 암벽 타기, 사랑이 그렇듯이.

생각의 마중물

글쓴이와 같은 경험이 있나요? 어떤 노력을 통해 '할 줄 모름'에서 '앎'으로 옮겨가게 되었나요?

젊은 아버지의 추억

성석제

내 기억 속에 있는 아버지는 늘 중년이다. 아버지는 환갑의 나이에 돌아가셨는데도 지금도 나는 아버지, 하면 반사적으로 중년의 아버지를 생각한다. 중년을 나이로 환산하면 서른 살에서 쉰 살 정도일까. 연부역강. 사나이로서는 알맞은 경륜에 자신감 있는 행동이 조화를 이루는 황금기다. 그렇지만 내가 아버지를 중년으로만 기억하게 된 데는 이유가 있다.

열세 살이 되기 직전의 겨울, 나는 전형적인 사춘기적 증상과 맞부딪쳤다. 굳이 이름을 붙인다면 '주제 파악 불량에서 기인하는 자존망대형 조발성 천재 증후군'이라 하겠는데, 그 증상은 먼저 학교에 가기 싫어하는 것으로 나타난다. 나는 일단 그 증상에 관해 아버지와 대화를 나눠 보기로 했다. 내가 아버지의 아들인 이상, 아버지도 나와 같은 나이에 나와 같은 문제로 고민했을 게 아닌가. 천재는 유전이니까.

나는 평소에 비해 숙제를 충실히 했고 어둡기 전에 집으로 들어왔으며 모든 식구들에게 경어를 사용했다. 그래서 "쟤가 요즈음 웬일이야."라는 찬사가 우리 집 지붕을 뚫고 하늘에 이르렀다가 다시 땅으

역부역강 아직 젊고 힘이 넘침을 이른다.
자존망대 망자존대. 앞뒤 아무런 생각도 없이 함부로 잘난 체함.
조발 일찍 떠남, 일찍 일어남.
증후군 몇 가지 증후가 함께 나타나지만, 원인이 명확하지 아니한 병적인 증상.

로 떨어져 아버지의 귀에 들어가기를 기다렸다(이 원리는 라디오에서 배운 것임.).

드디어 때가 무르익었다고 판단이 될 즈음, 아버지와 독대할 기회를 맞았다. 식구들과 함께 밤에 읍내 성당에 갔다가(이런 일은 1년에 몇 번 있을까 말까 했다.) 술집에 있는 아버지와 함께 집으로 오라는 어머니 지시를 받은 것이다(이런 일은 평생 한 번뿐이었다.).

포연처럼 연기가 자욱하나 대포는 없는 대포집에 가 보니 아버지는 친구분들과 함께 가운데 연탄을 넣을 수 있게 만든 동그란 식탁을 둘러싸고 박격포와 자주포와 곡사포의 차이점, 잦은 정전과 월남전, 지역 출신의 역사적인 인물의 공과에 대해 엄숙하면서도 치열한 논쟁을 벌이고 있었다.

나는 연기로 눈물을 쏟으며 한동안 서 있다가 "아부지요, 어머니가 약주 조금만 더 드시고 빨리 오시랍니다." 하고 말씀드렸다. 그러자 아버지의 친구 분이 "아이가 어쩌면 이렇게 의젓한가!"라며 별것도 아닌 일을 가지고 열광적으로 칭찬을 하더니 내게 친구처럼 술잔까지 내밀었다. 아이라도 어른이 주는 술은 마셔도 괜찮으며 어른 앞에서 술을 배워야 한다면서. 나는 할 일이 있었기 때문에 경솔하게 그 잔을 받을 수가 없었다. 이미 막걸리 심부름을 하면서 조금씩 훔쳐 먹은 술에 중독이 될 지경인지라 새삼 술에 대해 배울 것도 없었다.

이윽고 아버지는 친구분들과 인사를 나누고 자리에서 일어났다. 친구분들은 가까운 데에 살았지만 우리 집은 십 리에서 조금 모자라는 거리에 위치하고 있었다. 겨울인 데다 밤길이었던 고로 쉬운 길은 아니었다.

아버지는 휘파람으로 애마를 불러, 아니다, 술집 바깥에 세워 두었던 자전거에 타고 나를 뒷자리에 앉게 하셨다. 그러곤 휘파람을 불며 페달을 밟기 시작했다. 떨어지지 않으려면 아버지의 점퍼 주머니에 손을 넣고 등에 기대야 했다. 그 등은 알맞게 따뜻했고 어느 때보다 넓고 관대하게 느껴졌다.

인적이 드문 신작로에 들어선 뒤 나는 조심스럽게 "아부지!" 하고 불렀다.

"왜?"

"드릴 말씀이 있습니다. 사나이 대 사나이로서."

아버지는 그날 마신 술로 기분이 좋았다.

"싸나아이? 어디 한번 해 보니라."

"저 학교에 안 가면 안 되겠습니까? 배울 것도 없는 것 같고 애들도 너무 유치해서 사귈 마음이 나지 않습니다. 차라리 자연과 라디오를 스승 삼고 주경야독으로 제 수준에 맞는 진학 준비를 하는 것이 좋겠다고 생각합니다. 어떻게 생각하시는지요?"

아버지는 한동안 말이 없이 씨익씨익, 하고 페달만 밟으셨다. 나는 얼씨구, 내 말이 먹혀드는구나 싶어 주마가편 격으로 말을 쏟아 냈다.

"실은 제 정신수준은 보통 사람의 서른 살에 도달했다고 판단한 지 어언 두 달이 넘었습니다. 어쩌면 대학도 갈 필요가 없는지도 모르겠습니다. 비싼 학비를 안 대 주셔도 되니 이 얼마나 좋은 일이겠습니까?"

아버지는 자전거를 세우고는 거의 표준말에 가까운 억양과 어휘로 말했다.

"고맙다. 내 걱정까지 해 주다니. 그렇지만 조금 더 생각을 해 보아라. 시간을 줄 테니."

주마가편 달리는 말에 채찍질한다는 뜻으로, 잘하는 사람을 더욱 장려함을 이르는 말.

그리고는 달빛 비치는 서산을 넘어 불어오는 바람 속에 자전거를 세워 두고는 신작로 아래 냇가로 내려갔다. 나는 아버지가 오줌을 누러 가시나 보다, 생각하고는 자전거 위에 앉은 채로 기다리고 있었다. 그런데 아버지는 한참이나 지났는데도 오시지 않았다. 세차게 불어오는 바람에 자전거는 금방이라도 쓰러질 것 같았다. 그렇지만 자칫 잘못 내리다가는 자전거와 함께 신작로 아래로 굴러 떨어질 것 같아 이러지도 저러지도 못한 채 떨면서 기다리고 있을 수밖에 없었다. 아버지가 앉았던 안장을 움켜쥐고 내가 하느님을 서너 번은 족히 불렀을 때 비로소 아버지가 올라왔다.

"달밤에 신작로 위에서 자전거 타고 혼자 있으니까 세상이 다 니 아래로 보이더냐?"

아버지는 자전거를 끌면서 말씀하셨다. 그 물음에는 천재인 나도 대답할 말을 쉽게 찾을 수 없었다.

그때 아버지의 나이가 사십대 초입이었다. 나는 내 아이가 내게 그렇게 말해 온다면 어떻게 할까 생각해 본다. 준비되지 않은 채 몸과 마음만 들뜬 아이를 마음으로 감복시킬 생각을 하지 못하고 어떻게든 세상의 틀에 우겨 넣으려는 한, 내 중년은 아버지의 중년에 비할 수 없이 유치하다. 🐾

감복 감동하여 충심으로 탄복함.

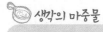 생각의 마중물

주인공 아버지는 왜 그렇게 행동했을까요? 아버지의 대처 방법에 대해 자신의 생각을 말해 봅시다.

별명을 찾아서

정채봉

누구한테나 별명 한두 개씩은 있을 것이다. 본인에게 있어선 기분 나쁜 것도 있을 테고 긍정되는 것도 있을 것이다. 개중에는 자신의 특성으로 얻어진 것도 있을 테지만 한순간의 실수로 생겨난 것도 있을 것이다.

그런데 별명은 신기하게도 그 사람의 이미지와 너무도 잘 들어맞아 우리한테 웃음과 추억을 간직하게도 한다. 특히 어린 시절로 내려 갈수록 별명에 얽힌 사연은 재미가 있다.

초등학교 시절에 심한 개구쟁이였던 나는 별명이 한두 개가 아니었다. 그중 하나가 '지각 대장'이다.

입학식 날부터 학교 다니게 되었다고 동네방네 알리고 다니느라 지각을 하였을 뿐 아니라, 툭하면 공부가 시작된 후에 교실 문을 열고 들어서기가 일쑤였다. 급기야는 뺨이 잘 익은 복숭아처럼 붉은 선생님이 쪼글쪼글한 주름살투성이의 우리 할아버지를 불렀다.

"혹시 댁에서 저 녀석의 아침밥을 늦게 먹여 보내는 것은 아닙니까?"

우리 할아버지는 천부당만부당하다는 듯이 손을 내저었다.

"아니지요. 저놈 때문에 오히려 아침 이르게 밥을 먹습니다."

"그런데 왜 이렇게 지각을 자주 할까요?"

그러자 할아버지는 언젠가 내 사촌을 시켜 내 뒤를 밟게 해서 들었던 것을 얘기했다.

"집을 나서서 곧장 학교로 오는 것이 아니라 산지사방을 돌아다니더라는 것입니다. 장다리꽃이 핀 남의 텃밭에 가서 쫑알거리고, 죽순이 올라오는 대밭에 가서 쫑알거리고, 심지어는 게 구멍 앞에서 민들

천부당만부당 어림없이 사리에 맞지 아니함.
산지사방 사방으로 흩어짐. 또는 흩어져 있는 각 방향.

레꽃을 들고 한나절을 있더랍니다."

나는 도저히 더 참고 있을 수가 없었다.

"게가 꽃을 쫓아 그만 달려 나올 것 같았거든요, 할아버지."

선생님이 파란 만년필 꽁무니로 책상을 똑똑똑 두드리면서 말했다.

"저 보십시오. 저렇게 엉뚱한 말을 해서 여간 골치 아픈 게 아닙니다. 오늘 자연 시간에는 느닷없이 올챙이는 어디로 오줌을 누느냐고 묻는 게 아니겠어요?"

"알겠습니다. 당분간 저 녀석을 제 삼촌 손에 맡겨서 보내겠습니다."

"당분간이 아닙니다. 길이 들 때까지 누가 좀 보호해 줘야겠습니다."

보호라, 나는 그 뜻을 몰라서 할아버지의 얼굴을 쳐다보았다.

"이 녀석아, 네가 하도 엉망이니 삼촌이 널 데리고 다녀야 한다는 말이여."

"그렇다면 할아버지, 내가 삼촌을 보호해야 하는데요."

"뭐라구?"

"삼촌이 밤마다 어디를 나다니는지 알아요? 방죽에서 현이네 고모를 만나서……."

이때 할아버지는 큼큼큼 기침을 해서 내 말을 막았다. 그리고는 다음 날부터 할아버지가 직접 내가 꼼짝 못하게 손목을 잡고 학교로 데리고 다녔다. 아아, 나는 그때부터 묶여 다닌다는 것이 얼마나 큰 고통인지를 알았다.

그 시절 나의 또 다른 별명은 '오줌싸개'이다. 그런데 이것이야말로

방죽 물이 밀려들어 오는 것을 막기 위하여 쌓은 둑.

심히 억울한 별명이다.

그날 우리 학교에는 장학사가 시찰을 나온다고 했다. 진작부터 우리 선생님은 우리들에게 주의를 주고 있던 터였다.

청소도 구석구석 잘하라, 복도를 다닐 때도 발부리 걸음으로 사뿐사뿐 걸어야 한다, 공부 시간에는 '네, 네' 대답을 크게 하라 하고.

그래서 나는 그날 발소리가 나지 않게 그야말로 고양이 걸음으로 걸었다. 변소에 가서도 얌전히 줄을 섰는데, 내 차례가 오기 전에 종이 울렸다. 할 수 없이 교실에 들어왔지만 그 시간 내내 오줌이 마려웠다. 나중에 선생님 말씀에 큰 소리로 대답을 하다 보니 질금질금 오줌이 새기까지 했다.

나는 바지 주머니 속으로 손을 넣어 오줌 자루 끝을 꼭 쥐고 있었다. 맙소사! 그런데 공부 시간이 끝나자 반장이 '차렷!'이라는 구령을 하지 않는가.

마침 손님이 있었기 때문에 나는 손을 바로 할 수밖에 없었다. 그러자 오줌이 톡 쏟아지고 만 것이다. 짝꿍 순애가 소리를 질렀다.

"선생님, 애가 오줌 쌌어요."

이 오줌 사건으로 나는 완전히 선생님의 눈 밖으로 밀려나게 되었다. 손님들이 떠난 후 선생님은 울음을 터뜨릴 듯한 얼굴로 '누가 오줌을 누러 가지 말라 했느냐'고 소리를 질렀다. 그리고 다음 날부터 친구들은 나를 부를 때 '오줌싸개'라고 했다.

어렸을 적 나의 별명 중에서 내가 지금까지 좋아하는 것은 '꿈쟁이'이다.

그만큼 나는 꿈을 많이 꾸었던 것 같고, 어떤 때는 꿈과 현실을 구

시찰 두루 돌아다니며 실지의 사정을 살핌.
발부리 발끝의 뾰족한 부분.

별하지 못하고 떼를 쓰기도 했다. 그렇게 많이 꺾은 꽃이 없어졌다고 꿈을 깨고 나서 운 적도 있고, 꿈속에서는 엄청 넓은 콩밭을 만나서 꿈이 아니라고 우긴 적도 많았다.

어쩌다 어렸을 적 친구들을 지금 만나면 친구들은 나한테 말한다. '너한테 많이 속았노라'고. 내가 그들을 속였다는 것은 꿈을 현실로 바꾸어서 이야기했다는 것이다. 그중 한 친구가 나는 이미 잊어버린 것을 기억해 새삼스럽게 나한테 들려주었다.

"수평선 너머를 가 보았다고 우기는 것이야. 거기에 갔더니 뭐, 흰 구름 네 집이 있더라나. 할머니 버선본처럼 그곳에는 여러 가지 구름 본이 있어서 구름을 지어내는데, 산봉우리 구름본, 조개구름 구름 본, 많고도 많더라고 했어. 뭐 또 한쪽에서는 하늘을 한 바퀴 돌고 온 구름을 빨래하고 있었는데, 구정물이 헹구어도 헹구어도 나오더 라나."

그 친구는 내가 동화 써서 먹고 사는 것을 이제야 알 것 같다고 했 는데, 나는 사실 부끄럽다. 그 어린 날의 별명보다도 내가 천진하지 못하니 말이다.

아아, 그날로 돌아가서 그 별명 속의 실제가 되고 싶다. ✿

꿈과 현실의 경계에서 살던 어린 시절, 잠에서 깨면 가슴이 두근 두근, 빨리 문을 열고 나가 친구들과 만나 놀 생각에 부풀었던 신나 는 시간들. 세상이 온통 신기한 것, 재미난 것으로 가득했던 그 시 절, 아마 여러분도 즐겁게 거쳐 온 시간들이겠지요.

글 속의 아이는 꽤나 상상력이 풍부하고 삶에 대한 긍정의 에너지 로 가득 차 있습니다. 어른들이 보기에는 채 길이 들지 않은 말썽꾸 러기 꼬마이지만, 장다리 꽃 앞에서, 대밭의 죽순에게 종알종알 말을 건네는 이 생명력 가득한 어린 존재는 그야말로 생명이란 본래 이런 모습이 아닐까 하고 생각하게 됩니다.

여러분은 어떤가요. 세상에 대한 관심과 호기심이 충천하여 엉뚱 한 질문을 사방팔방 던지고 다니던 꾸러기 시절로부터 이제 꽤나 멀 어져 왔나요? 이런 어린 아이 하나씩 마음에 품고 산다면, 아침에 눈 을 뜨는 행복한 기쁨을 맛볼 수 있지 않을까요?

생각의 마중물

어린 시절의 나의 별명은 무엇이었나요? 별명과 연관하여 어린 시절 나의 모습을 떠올려 봅시다.

나의 별명 :

나는 이런 아이였지 :

어린 날의 초상

문혜영

우리 가족은 이북에서 살다가 1·4 후퇴 때 월남하였습니다. 피난 오면서 아버지를 잃고 또 오빠마저 세상을 떠나게 되니, 남은 사람은 어머니와 올망졸망한 우리 네 자매뿐이었습니다.

사선을 넘으면서 목숨 하나 부지하기도 어려웠던 우리는 아무것도 가진 것 없는 빈주먹으로 어느 도시에 정착하여 살게 되었습니다. 어머니가 그 곳의 여자 상업 고등학교에서 교편을 잡게 되셨기 때문입니다.

방 한 칸 마련할 수조차 없었던 우리의 처지를 생각해서인지 학교에서는 관사에서 살도록 해 주었습니다. 그러나 사실 말이 관사지 방이 둘, 부엌이 둘 있는 작은 일본식 집이었습니다. 그나마 방 하나는 숙직실로 사용했기 때문에 우리는 방 하나만을 차지하고 살았습니다.

나는 지금도 그 집이 눈에 선합니다. 방과 후면 어머니가 가르치시는 학생들이 우리 집에 들끓었습니다. 짙은 감색 교복에 하얀 깃을 단 언니들이 떼 지어 오면 나는 혼자 속으로 예쁜 순서를 꼽아 보곤 했습니다.

전쟁 뒤였기에 모두가 어렵고 가난했던 시절이었습니다. 수난을 함께 겪었던 그 당시 사람들의 마음은 지금보다 훨씬 순수하고 고왔던 것 같습니다. 그 당시에 우리 집에 들락거리던 어머니의 제자들은, 그 외롭고 고달팠던 시절의 은사님이셨던 어머니를 못 잊고, 삼십여 년이 흐른 지금까지 스승의 날이나 어머니의 생신이면 찾아오곤 합니다.

나는 그 집에서 초등학교에 입학을 했습니다. 그리고 막내인 내 동생은 내가 3학년이 되던 해, 만 다섯 살도 안 된 나이로 내가 다니는 학교에 입학을 했습니다. 내가 학교에 가고 없으면 유복녀로 태어

사선 죽을 고비.
관사 관청에서 관리에게 빌려 주어 살도록 지은 집.

난 동생이 심심하고 외로워서 어머니께서 수업 중인 교실마다 찾아다니며 어머니를 난처하게 했기 때문입니다. 동생은 어머니의 목소리가 흘러나오는 교실을 찾아내어 문을 빠끔히 열고는 "엄마, 나 심심해!", "엄마, 나 배고파!" 했습니다. 학생들은 동생이 귀여워 까르르 웃어 댔지만, 어머니는 마음이 아프셨던 것입니다. 언젠가는 우리 앞집에 사는 마리아네 엄마가 아기를 낳자 마리아가 그것을 자랑했습니다.

"우리 아기 참 예쁘다, 너넨 아기 없지?"

아기가 무슨 인형쯤 되는 줄 알았던지 동생은 교실 문을 열어젖히고

"나도 아기 하나 낳아 줘!"

하고 울어 버린 일도 있었습니다.

동생이 입학한 후, 첫 번째 맞이한 봄 소풍 때의 일입니다. 어머니는 동생의 몫과 내 몫의 김밥, 사탕, 과자, 과일 등을 한 보자기에 싸 주셨습니다. 보자기가 하나뿐인 데다가 동생이 너무 어리기 때문에 점심시간에 나보고 챙겨 먹이라면서 그렇게 싸 주신 것입니다. 나는 동생의 손을 잡고 학교를 향해 팔랑팔랑 걸었습니다. 날아갈 듯이 즐거운 마음이었습니다.

그런데 학교에 도착해 보니 1학년과 3학년이 각각 다른 곳으로 소풍을 간다는 것입니다. 3학년은 1학년보다 조금 더 먼 곳으로 간다고 했습니다. 예측하지 못한 일이었습니다. 난감했습니다. 도시락을 둘로 가를 수도 없을 뿐더러, 어린 동생을 혼자 보내는 것도 마음이 놓이지 않았습니다. 어찌할 바를 모르고 발만 동동 구르다가 나는 결정을 했습니다. 저 어린 동생을 위해 오늘 하루 학부모가 되어야 겠다고 말입니다. 담임 선생님께 말씀을 드렸더니 흔쾌히 승낙하셨습니다.

나는 먼저 출발하는 우리 반 소풍 대열을 한참이나 바라보았습니다. 눈물이 나오려는 것을 꾹 참고 동생네 소풍 대열을 따라 걷기 시작했습니다. 신입생들이라서 그런지 학부형들이 꽤 많이 따라왔습니다. 1학년 아이들과 비교해도 별로 크지 않은 조그만 내가 어머니들 사이에서 걷고 있으려니까 어머니들은 무척 궁금한 모양이었습니다.

"몇 학년이니? 너는 왜 소풍을 안 가고 여기 왔니?"

그렇게 물어 볼 때마다 도시락 보따리가 왜 그리 부끄럽던지, 감출 수만 있다면 어디에든 감추어 버리고 싶었습니다. 그런 마음 때문이었는지 도시락 보따리가 자꾸만 무겁게 느껴졌습니다.

목적지에 도착한 후, 동생을 솔밭 그늘로 데려와 점심을 먹였습니다. 동생은 언니인 내가 저를 따라온 것에 대해선 아무 생각도 없는지 재잘거리며 맛있게 먹었습니다. 점심을 먹은 뒤, 선생님의 호루라기 소리에 따라 동생은 다시 제 동무들 곁으로 갔습니다. 혼자 앉아 도시락 보따리를 챙겨 싸는 내 눈에는 뿌연 안개가 서려 왔습니다. 참았던 눈물 한 방울이 볼을 타고 흘렀습니다. '아, 이러면 안 돼. 난 오늘 학부형인데 눈물 따위를 보이다니!' 나는 누가 볼세라 손으로 얼른 눈물을 닦아 냈습니다.

아름드리 소나무에 기대어 서서 동생네 반 아이들이 뛰노는 것을 보고 있었습니다. 수건돌리기, 술래잡기, 보물찾기, ……. 즐겁게 웃는 동생의 모습이 아지랑이처럼 아롱거렸습니다. 솔밭 위 하늘엔 눈부시게 하얀 학들이 너울거리며 날아다녔습니다. 내 마음을 아는지 모르는지…….

참으로 길고 긴 하루였습니다. 아홉 살의 소녀가 감당하기엔 너무나 힘들었던 봄 소풍, 그런데 왜 가끔씩 그 때가 그리워지는지 나도 모를 일입니다. ✎

소곤소곤

나의 지난날이 나를 이루고, 내가 지닌 기억들이 모여 또한 나를 이룹니다. 자신을 만들어 온 경험과 기억들을 되새기고 떠올리는 것, 그것이 바로 수필의 본령일 것입니다. 그런 되새김을 통해 우리들의 삶은 비로소 의미를 갖게 되고, 삶의 이야기는 더욱 풍부해집니다.

글쓴이의 어릴 적 이야기는 안쓰럽고 서글프지만, 또 동생을 돌볼 줄 아는 언니의 마음이 참 어여쁘게 느껴지지요. 글쓴이는 삶이 조금쯤은 슬픈 것이라는 비밀을 깨닫는 동시에 자기 자신을 의젓한 언니로 자리매김하면서, 너그럽고 속이 깊은 사람으로 자라났을 것입니다.

글쓴이의 경험은 글을 읽는 우리들의 삶도 또한 조금쯤 변화시킵니다.

여러분은 어떤가요. 어떤 언니나 오빠, 또는 동생인가요. 어떤 느낌이 들었나요. 글을 읽고 생겨나는 새로운 생각이나 느낌들이 우리의 삶을 살짝 어디론가 이동시켜 갑니다.

생각의 마중물

형제자매에 대한 어린 시절의 추억이 있나요? 여러분이 가진 추억의 사진첩 중 한 장을 꺼내어 보고, 그 시절의 기억을 써 봅시다.

어린아이의 눈물 3

서경식

초등학교 시절 내가 가장 싫어했던 것은 급식비라든지 수학여행 적립금 따위를 내는 일이었다. 이 외에도 간유나 구충제를 신청하는 일이라든가, 걸레를 만들기 위해 천 조각을 학교에 갖고 가는 일도 좋아하지 않았다.

내 어머니는 당신 자녀들의 학업과 관련된 그 같은 잔다란 준비물들을 일일이 빠짐없이 신경 써서 챙겨줄 수가 없었던 것이다. 우리 집이 극도로 가난했다고는 할 수 없지만, 이따금 급식비마저 제때 납부할 수 없던 적이 있었던 건 사실이다. 게다가 어머니는 우리가 상상하는 것 이상으로 바쁘셨다. 하지만 진정한 속내를 얘기하자면, 어머니는 글눈이 어두워 학부형들을 위한 학교의 통지서나 공지사항 등을 읽으실 수 없었던 것이다. 더욱이 어머니는 당신이 문맹이라는 사실을 숨기시려고 내 앞에서 오랫동안 글 읽는 시늉을 하며 지내셨다.

급식비를 제출하지 않으면 안 될 위기 상황에 봉착하면, 그제야 생각났다는 듯이 "아차, 깜빡했다!" 하며 큰 소리를 내는 것이 특기였다. 그러나 그것도 두 번 세 번 거듭되면 곧 들통이 나기 마련이었다. 그런 만큼 담임선생님께서도 나 때문에 적잖이 곤란한 입장에 처하였으리라. 그러던 어느 날, 수업을 모두 마친 후 선생님께서는 교실에 나만 홀로 남게 하셨다. 급식비 문제로 드디어 꾸중을 듣게 생겼구나 생각하고 있는데, 선생님은 "집안 형편이 어려우면 서슴지 말고 얘기하렴."하고 온화한 목소리로 말씀하셨다.

"우리 집이 가난한 건 아니예요, 다만……."이라고만 대답했을 뿐, 나는 "우리 엄마가 글자를 읽지 못하기 때문에."라고 말을 이을 수가 없었다.

'절대로 울지 말자!'

마음속으로 그렇게도 다짐해 보았건만, "왜 그러니?" 하고 이어지는 선생님의 물음에 여리게도 그만 나는 눈물을 흘리고 말았다.

"그래 그래. 괜찮아, 자아 이제 눈물 뚝." 하시며 선생님은 나를 다독여주셨고, 모르긴 몰라도 '가난한 집안 형편 때문이려니.' 하고 결론을 내리신 듯했다. 나는 흐르는 콧물을 훌쩍거리면서 '엄마가 글자를 못 읽는다는 부끄러운 사실은 탄로되지 않았으니 그냥 그런 걸로 해두면 되겠구나.' 하고 그제야 마음을 놓았다.

'절대로 울지 말자!'는 구절은 『하늘을 나는 교실』의 주인공 마르틴 타라가 자신을 설득하며 스스로 다짐했던 말이다.

기숙생이던 마르틴 타라의 양친은 크리스마스 휴가가 다가오고 있는데도 마르틴에게 고작 5마르크밖에 송금할 수가 없었다. 그것도 섣달그믐까지 갚기로 하고 삯바느질하던 양복점 주인한테 빌린 돈이었다. 하지만 마르틴이 집으로 돌아오기 위해서는 8마르크의 여비가 필요했다. 마르틴의 어머니는 아들에게 편지를 쓴다. 귀성을 포기하고 보내준 돈으로 초콜릿이라도 사먹으라고, 가끔은 밖에 나가 썰매라도 타면서 놀라고, 그리고 절대 울지 않기로 서로 약속하자고.

'절대로 울지 말자!'고 다짐한 마르틴은 기숙사에서 크리스마스를 보내기로 결심한다. 부모에게 버림받아 돌아갈 곳마저 없는 요나단 트로츠를 제외하면, 모두들 고향을 향해 떠나버리고 기숙사엔 아무도 남아 있지 않았다.

나는 될 수 있으면 이 대목에 시선을 주지 않으려고 애썼다. 구태여 읽지 않더라도 그 내용을 모두 암기하고 있기도 하거니와, 이를 읽게 되면 어느새 마음이 지난 어린 시절의 나로 되돌아가 당장 코끝이 찡해오기 때문이다. ✿

　어린 시절 아픈 기억의 파편 하나쯤은 누구나 갖고 있게 마련. 오랜 세월이 지난 후에도 어쩌다 그 부분을 누군가 건드리면 생생하게 통증이 느껴지기도 하지요.

　'나(화자)'의 아픈 부분은 글을 읽지 못하는 어머니에 대한 것이었나 봅니다. 이런 경험이 있었기에 『하늘을 나는 교실』이라는 소설은 '나'에게 특별한 감흥을 줍니다. '절대로 울지 말자.'라고 다짐하는 마르틴 타라의 이야기를 읽을 때면 어느새 어린 시절의 자신으로 되돌아가 당장 코끝이 찡해지는 것입니다.

　글을 읽는다는 것은 그래서 경험을 통해 사람들과 만나는 일입니다. 나의 경험을 매개로 다른 이의 경험과 만나고, 다른 이의 경험을 통해 나의 경험도 더욱 깊어집니다.

　어떤가요, 여러분도 이 글을 읽으며 어린 시절의 어느 날과 문득 더욱 선명하게 만나게 되지 않았나요?

![생각의 마중물]

나의 어린 시절 가운데 '눈물'을 흘렸던 경험을 생각하고, 다음 질문에 답하며 짧은 글을 써 보세요.

언제였던가요?

무슨 일이었던가요?

지금 생각하면 어떤 느낌이 드나요?

연탄이 있던 집

안도현

초등학교 6학년 때 나는 고향을 떴다. 사촌 형을 따라 대구로 유학을 가게 된 것이다.

낯선 도시에서 내가 처음 배운 것은 자취방의 연탄불을 꺼뜨리지 않고 제때 갈아 주는 일이었다. 학교 앞에 있던 자취방에는 부엌문이 없었다. 마당으로 향한 조붓한 툇마루 위에는 얇은 합판으로 짠 찬장이 하나 달랑 놓여 있었고, 그 옆에 연탄아궁이가 있었다. 보일러 시설이 된 연탄아궁이가 아니었으므로 연탄의 붉고 푸른 불꽃이 혀를 날름거리며 구들장 속으로 빨려 들어가는 게 보였다. 그 불꽃이 나를 키웠다. 그 불꽃으로 밥과 국과 라면을 끓였고, 양말과 운동화를 말렸고, 양은 찜통에다 밤새 물을 데워 아침에 머리를 감았다. 불을 꺼뜨리지 않으려고 자다가 벌떡 일어나 연탄을 갈았고, 연탄구멍을 정확하게 맞추려고 잠이 가득 찬 눈을 비볐고, 그리고 연탄가스를 맡지 않으려고 몇 초 동안은 숨을 참아야 했다.

하루는 자다가 오줌이 마려워 깬 적이 있다. 대문 옆에 붙은 재래식 변소까지 걸어간 기억은 생생한데 정신을 차리고 보니 내가 변소 바닥에 주저앉아 있었다. 아차, 싶었다. 연탄가스를 마신 것이었다. 잠자리에 들기 바로 직전에 연탄을 간 게 불찰이었다. 나는 내 팔을 힘껏 꼬집었다. 아팠다. 방으로 돌아가 사촌 형을 흔들어 깨웠다. "형, 괜찮아?" 머리가 어지럽다며 형은 고개를 흔들었다. 지금 이대로 잠들면 안 된다고 형이 말했다. 연탄가스를 마시면 시원한 동치미 국물을 마시면 된다는 말이 떠올랐으나 가난한 자취생에게 동치미가 있을 리 없었다. 하수구에 코를 박고 숨을 쉬라는 것도 떠돌아다니는 응급조치 중의 하나였는데 그렇게까지 해야 할 정도로 위급한 상황은 아닌 듯했다. 졸음은 쏟아졌지만 두 시간 가까이 잠을 누르며 겨울밤을 하얗게 보냈다.

언덕 위에 있던 그 자취방을 나와 학교로 가려면 가파른 길을 내려가야 했다. 겨울이면 눈 녹은 물이 비탈길을 빙판으로 만들었다. 그런데 그런 아침에는 누군가 어김없이 비탈길에 연탄재를 잘게 부수어 뿌려 놓곤 했다. 그 고마운 분이 누구인지는 지금도 모르지만 이 세상에는 나 아닌 다른 사람을 위해 일하는 분이 있다는 걸 어렴풋이 알게 된 것도 그 무렵이었다.

문학에 눈을 뜨면서 해마다 12월 언저리에는 이른바 신춘문예 열병을 앓곤 했는데, 당선 통지를 기다리며 연탄불에 라면을 끓이는 날이 많았다. 라면이 끓는 양은 냄비를 숟가락으로 익숙하게 들어 올리는 일은 이력이 붙었으나 기다리는 신문사의 당선 통보는 왜 그리 목을 길게 만들던지. 그런 겨울, 연탄도 떨어지고 친구네 집에 두어 장 빌리러 가기도 민망해서 차가운 자취방에서 이불을 뒤집어쓰고 잠들던 날이 있었다. 내 문학은 연탄의 뜨거운 기운을 받을 자격조차 없다고 자책하면서 말이다.

결혼을 하고 첫아이를 가질 때까지도 연탄을 때는 열두 평짜리 아파트에 살았다. 그 아파트는 공단 노동자들의 자취방이 내려다보이는 곳에 있었다. 그 집들은 하나같이 지붕이 낮았고, 어깨를 다닥다닥 붙이고 있었다. 밤늦게 책을 보거나 글을 쓰다가 마을을 내려다보면 깜깜했던 어느 집 창문에 거짓말같이 불이 들어왔다. 나는 그 백열전구를 밝히는 손과 그의 고향과 하는 일을 생각했다. 그가 곤하게 잠이 들었다가 연탄을 갈기 위해 어쩔 수 없이 일어난 것인지도 모른다는 생각을 했다.

벌겋게 달아오른 연탄 밑불이 새로 놓이는 연탄에게 불꽃을 넘겨주듯이 20세기의 연탄은 21세기에도 꺼지지 않고 있다. 아직도 어디에선가 '연탄'이라는 말을 들으면 가슴이 아픈 사람이 있을 것이고,

겨울날 골목길 사이로 싸하게 퍼지는 차가운 연탄 냄새가 코끝으로 스며들면 생활이 더 쓸쓸하게 느껴지는 이가 있을 것이다.

너나없이 연탄을 때던 시절에는 연탄 창고 가득 연탄이 쟁여져 있으면 겨우내 마치 큰 부자가 된 듯 그렇게 든든할 수 없었다. 나는 누구에게 든든한 사람이 될 수 없나? 누구에게 뜨거운 사람이 될 수 없나? 나는 나에게 오늘도 묻는다.

연탄재 함부로 발로 차지 마라
너는
누구에게 한 번이라도 뜨거운 사람이었느냐

〈너에게 묻는다〉, 안도현

시절이 많이 바뀌어 지금은 연탄을 때는 집이 많이 사라졌습니다. 연탄에 얽힌 이런 따뜻하고도 서글픈 이야기도 더 세월이 지나면 아예 사라지고 말겠지요. 하지만 그것이 누군가의 기억 속에 남아 있는 한 영영 사라진 것은 아닐 것. 기억이란 그렇게 한 존재의 역사를 오래도록 연장해 주기도 합니다.

 생각의 마중물

　지금 사람들에게 친숙한 무언가도 시간이 자나고 나면 기억 저 너머로 사라져버리
고 말겠지요. 지금으로부터 20년 후가 흘렀다고 상상해 봅시다. 여러분의 주변에서
흔히 볼 수 있거나 늘 사용하는 사물이 이젠 거의 사라져가고 있습니다. 그 사물에
대해 한번 되새겨 볼까요?
　다음 질문에 답해가며 짧은 글을 써 봅시다.

내가 고른 사물 :

그 사물에 얽힌 추억 :

그 사물이 나에게 준 깨달음 :

성장의 매듭

박동규

우연한 기회에 새사람이 되었다고 하는 이를 흔히 볼 수 있다. 어느 날 친구의 권유로 우연하게 종교를 믿게 되어 새로운 사람이 되었다든가, 혹은 아버지가 돌아가시고 가장의 책임을 짊어지게 되어 자신을 돌아보고 이래서는 안 되겠다고 생각해서 새사람이 되었다는 이야기를 듣게 된다. 누구에게나 있는 성장의 매듭을 살펴보면 우연인 경우도 있지만, 이 우연의 껍질 안에는 새로운 변화를 갈망하던 성장의 목마름이 담겨 있었기에 변할 수 있었다는 평범한 교훈을 찾을 수 있다.

나 역시 마찬가지다. 내가 고등학교에 입학하고 얼마 되지 않았을 때 학교에서 새로운 친구들과 어울리게 되었다. 새 친구를 사귀게 되자 자연스럽게 집에 돌아오는 시간이 늦어지게 되었고 공부에 쏟던 관심이 친구들과 노는 재미로 바뀌었다. 그렇다고 친구들과 어울려 나쁜 짓을 하고 돌아다니는 것도 아니었다. 학교에서 나오면 빵집에 들어가서 시시덕거리며 시간을 보내거나 아니면 친구들 집에 가서 떠들다가 집에 오곤 했다.

어느 비 오는 날이었다. 그날도 어느 친구의 집에 갔다가 밤 10시쯤 전차를 탔다. 원효로 3가 전차 종점에 닿아 전차에서 내려서는 순간 깜짝 놀랐다. 깊은 밤 가로등도 없는, 집으로 들어가는 길목 전봇대 옆에 눈에 익은 우산이 보였던 것이다. 뛰어가 보니 어머니셨다. 어머니는

"매일 왜 이렇게 늦니?"

하시며 우산을 씌워 주셨다. 집에서 보던 어머니의 모습과는 다른 느낌이 가슴에 확 들었다. 언제 올지도 모르는 나를 얼마나 오래 서서 기다리셨을까 하는 마음이 생겼고 어머니에게 잘못했다는 생각이 들었다. 나는 우산 속에서

"엄마, 내일부터는 꼭 일찍 올게."

라고 말씀드렸다. 어머니는 아무 말도 없이 내 손을 꼭 쥐어 주셨다. 이 평범한 한밤의 일이 나에게는 새로운 고등학교 생활을 해 나가는 출발의 신호가 되었다.

내가 대학에 입학한 3월 어느 날이었다. 학교 연구실에 들렀다가 우편함에서 고향의 삼촌으로부터 온 편지를 찾았다. 한지로 곱게 싼 봉투였다. 운동장 벤치에 앉아서 뜯어보니 대학 입학을 축하한다는 말과 함께 고향에서 먼저 핀 진달래 꽃잎을 보내니 삼촌의 마음인 줄 알라는 글이 담겨 있었다. 꽃잎은 눌려서 벌겋게 번져 있었다. 나는 아무 생각 없이 축하의 편지로 알고 버렸다.

그리고 한 달이 지난 어느 날 삼촌의 부음을 들었다. 고향에 가서 삼촌을 산에 묻었다. 삼촌은 고등학교를 졸업할 무렵 결핵에 걸려 장가도 못 가고 집에만 있다가 겨우 서른여섯 살에 세상을 떠난 것이었다. 나는 아직 잔디도 없는 붉은 무덤 앞에 엎드려 절을 하면서 삼촌이 보낸 편지에 축하의 사연만 있는 것이 아니라 삼촌도 대학에 가고 싶었다는 속 타는 애절한 고백이 담겨 있었음을 알아차릴 수 있었다. 나는 삼촌의 편지 한 장으로 해서 사람과 사람 사이에 마음을 연결하는 통로가 무엇인지를 생각하게 되었고 마음과 마음이 통하는 행복이 무엇인지를 알게 되었다. 그것은 나에게 또 하나의 성장의 매듭이 되었다.

이처럼 살면서 만나게 되는 작은 일들이 성장의 요소로 한 매듭을 가지게 하는 것이고, 이 요소들이 큰 소용돌이를 일으킬 때 비로소 새로운 사람으로 바뀌는 변화를 얻게 된다고 할 수 있을 것이다. 직장에 다니면서 큰 변화를 일으킨다는 것은 여간 힘든 일이 아니다. 그러나 개울물이 조약돌에 부딪치면서 일으키는 작은 소용돌이가 개울가 풀잎을 만나게 하는 기회가 되는 것처럼 눈에 띄지 않는 깨달음도 새로운 도약의 발판이 되는 것이다.

흔히 청소년들이 쓰는 말에 '마음을 잡았다'고 하는 것은 새롭게 생활해 보겠다는 결심을 가리키는 것이다. 그러나 이 마음잡음은 하루를 견디기 힘들다. 곧 무너지고 다시 마음을 잡고 하는 끝없는 반복 속에서 보내게 되는 것이지만 마음을 잡는 순간만은 변화의 전제가 됨을 알 수 있다.

성장의 매듭은 내버려 두면 생기는 것이 아니다. 오늘보다 나은 내일에 대한 기대가 있어야 살아가는 보람이 있다. 그러기에 자세히 살펴보면 어제는 몇 마디 말을 하던 어린것이 오늘은 새로운 말을 배워 쓰고 있는 것을 발견할 수 있다. 훌쩍 커 버린 것도 놀랍지만, 하루하루 변하는 성장의 고비가 더 신비스럽지 않은가. 이 신비스러움이야말로 살아가는 이유가 되고 오늘과 다른 내일을 기대하게 만드는 힘이 되지 않겠는가.

새로움은 내가 발견하는 것이지 누가 주는 것이 아니다. 아무리 틀 안에서 주어진 세상 안에 살지만 매일 달라지는 나를 통해서 인간다운 삶의 기쁨을 만들어 가야 할 것이다. ⏣

여러분에게도 '성장의 매듭'이 하나둘 생겨나고 있겠지요? 어쩌면 그중에는 지금 당장은 그것이 어떤 의미를 지니는지 알 수 없는 것들도 있을 테지요.

　세월이 좀 더 지나 어른이 된 후에 '아, 그것이 나를 이렇게 키운 것이구나.' 하고 깨닫게 되는 경우가 많습니다.

　어떤 일에 대한 경험은 그것을 오래오래 생각하고 많이 성찰하며, 내 스스로 의미를 부여할수록 더욱 귀하고 소중한 것이 된답니다. 여러분이 겪어온 경험의 원석들을 끄집어내어 보세요. 그것들을 가만히 들여다보고 갈고닦다 보면, 어느새 내 인생의 보석으로 빛을 발하게 되기도 할 거랍니다.

생각의 마중물

　여러분의 지난날을 돌이켜 보면 어떤 순간에 여러분은 성큼 자라났다고 느끼나요? 여러분의 성장의 매듭을 찾아보아요.

내가 훌쩍 자라난 순간

1) (   )때

이런 일이 있었어 :

그래서 나는 이렇게 변했어 :

2) (   )때

이런 일이 있었어 :

그래서 나는 이렇게 변했어 :

시금치 한 단의 추억

이경림

  열세 살, 처음 서울에 올라왔을 때 이야기이다. 지금은 아주 번화한 서울의 요지가 되었지만 그때는 전기도 들어오지 않는 빈촌이었던 신촌 부근 쌍굴다리 뒤에 우리 가족이 세 들어 살던 집이 있었다. 나는 안동에서 중학교 일 학년에 다니다가 사업에 실패한 아버지를 따라 서울로 왔던 것인데 그런 상황이다 보니 얼마나 어려웠는지는 말하지 않아도 알 수 있을 것이다.

  우리는 하루에 두 끼 정도만 먹고 살았는데 그것도 언제나 죽이었다. 엄마는 커 가는 우리들의 영양이 걱정되어서인지 그래도 콩나물이나 시금치, 근대 같은 나물들을 넣고 죽을 끓이셨다. 어느 날 엄마는 돈 오십 환을 주시며 창천동 시장에 가서 시금치 한 단을 사 오라고 하셨다. 시장에서 나는 삼십 환인가 하는 시금치 한 단을 샀는데 채소 가게 주인이 백 환을 낸 줄 알고 칠십 환을 거슬러 주었다.

  지금이나 그때나 돈에 대한 관념이 허술한 나는 세어 보지도 않고 한참을 걸어 쌍굴다리 다 지나와서야 그 사실을 알았고, 도로 돌아갈까 하고 생각하다가 내일 아침거리 걱정을 하던 엄마가 머리에 떠올라 머뭇거리며 그 돈을 가지고 집으로 갔다. 그리고 짐짓 밝은 소리로 칠십 환을 내놓으며 경위를 설명했다.

  "엄마, 나 시금치 공짜로 샀다. 그러니까 그 돈으로 쌀 한 봉지 사!"

  그러나 순간 나는 그때까지 본 적 없던 엄마의 참담한 표정을 보았다.

"너 이 돈 가지고 오며 수지맞았다고 생각했니?"

엄마는 조용히 물으셨다. 나는 하도 심각한 엄마의 표정에 질려 변명을 했다.

"그렇지는 않지만 엄마, 이걸로 내일 아침거리 사고 나중에 돈 생기면 갖다주면 되잖아?"

엄마는 저녁 지을 생각도 않고 말없이 한참을 부엌 바닥에 앉아 있었다. 돌아앉아서 보이지는 않았지만 나는 엄마가 우신다는 것을 알았다. 그리고 조용히 말씀하셨다.

"얘야, 내일 아침 한 끼는 이 돈으로 배불리 먹을 수 있을지 모르지만 너는 평생 시금치 도둑이 된다는 걸 왜 모르니? 배고픈 것과 도둑이 되는 것 중 너는 어떤 쪽을 택하겠니? 그 양반 집에 들어가기 전에 빨리 이 돈 돌려 드리고 오너라."

조용했지만 단호한 엄마의 목소리에 눌려 나는 도로 그 길고 컴컴한 쌍굴다리를 지나 시금치 장수에게 가서 돈을 돌려주었던 기억이 있다.

그 후 나도 모르는 사이에 그 시금치 한 단은 내 생의 가치 기준이 되었고 나약한 것 같았지만 단호했던 엄마를 향한 두려움과 존경의 상징이 되었다.

요즈음 가끔 나는 시나브로 사라져 가는 이 시대의 그 '시금치 한 단'의 의미를 생각하며 쓸쓸해지곤 한다. ✤

글 속의 '나(화자)'에게 시금치 한 단 사건은 '성장의 매듭'이 된 셈이겠지요. '나'에게 '시금치 한 단'이 생의 가치 기준이 되었다는 말은 무슨 뜻일까요? '나'는 이후에 어떤 삶의 기준을 갖게 되었을까요?

『초승달』의 추억

장회익

한글을 제법 읽게 되었을 무렵 나는 아버지에게 책을 사 달라고 자주 졸랐다. 며칠을 내게 시달리시던 아버지는 드디어 내 손목을 이끌고 시점으로 가셨다. 이때 내게 책이라면 의당 만화를 의미했다. 그런데 의외롭게도 아버지는 만화 쪽으로는 눈도 돌리지 않고 밋밋하기 그지없는 책 한 권을 고르셨다. 그 표지에는 궁체 붓글씨로 '초승달'이라 적혀 있었다. "아이, 그림 한 장 없지 않아." 마음속 깊이 실망했으나 그렇다고 무작정 불만을 털어놓을 수도 없었다. 나는 오직 항변조의 질문 한마디 던지는 것으로 불만을 대신했다.

"왜 하필 이 책을 사요?"

대답은 너무도 간단했다.

"이게 좋은 책이야."

이것이 내가 윤석중의 동요집 『초승달』과 맺은 첫 인연이다. 모든 좋은 친구가 그렇듯 『초승달』의 첫인상은 무척 덤덤했지만 나는 점차 이것과 가까운 사이가 되어 갔다. 정말 신기하게도 이 친구는 아무하고나 말을 잘 걸었다. 바람과 구름 그리고 하늘에 떠 있는 반달과도 이야기했다. 그리고 때로는 저들의 딱한 사정을 보듬어 주기도 했다. 말하자면 이런 것이었다.

말아, 서서 자는 말아.

……

다리도 안 아프냐?

……

누워서 자렴.

그 후 오랜 시간이 흘렀다. 이 사이 내게는 수많은 변화와 시련이 있었다. 잦은 이사와 전란을 겪으면서 이 '친구'가 언제 어떻게 사라졌는지 기억조차 하지 못한다. 어쩌다가 나는 '말아, 서서 자는 말아' 라든가 '석수장이 아들을 보고' 같은 산발적으로 떠오르는 구절과 동요 제목을 기억할 뿐이다. 당연히 이 책의 표지는 모습조차 떠오르지 않았고 구태여 떠올릴 이유도 없었다.

그러다가 어느 해인가. 내게 배달된 잡지 「출판저널」의 표지를 무심코 들여다보다가 깜짝 놀랐다. 거기에 『초승달』의 옛 표지 사진이 다른 몇몇 옛 책들의 표지 사진과 함께 담겨 있지 않은가? 사연인즉, 당시 영월에 '영월 책 박물관'이 새로 문을 열었다는 것이다. 그래서 이곳을 소개하는 기사와 함께 이곳에 전시된 책 몇 권의 사진을 그 표지에 실었는데, 그중 한 권이 바로 내가 가져 본 첫 번째 책 『초승달』이었던 것이다.

이것을 보면서 나는 어린 시절의 친구를 다시 만난 듯 반가움과 함께 가느다란 설렘까지 느끼게 되었다. 소박하다 못해 투박하기까지 한 그 장정이 여전히 정겨웠고 지나간 기억을 아련히 떠오르게 했다. 그때 만사 제쳐놓고 영월로 달려가 그동안 잊고 지냈던 〈서서 자는 말아〉의 몇몇 나머지 구절을 확인하고 싶었다. 그리고 그때 읊조렸던 나머지 동요들을 다시 읽는다면 아마도 그 시절의 마음으로 되돌아가지 않을까 하는 막연한 생각까지 들었다. 아니 '영월 책 박물관'에 있다는 그 책이 혹시 내가 보던 바로 그 책은 아닐까? 혹시 책의 뒤 표지에 서툰 글씨로 쓴 내 옛 이름 석 자가 적혀 있지나 않을까?

하지만 이럴 때일수록 마음을 가라앉히고 조용히 생각을 가다듬어야 하는 법. 나는 다시 생각해 보았다. 내 진정한 친구 『초승달』은 지금 어디에 있는가? 그는 이미 내 기억에 담겨 있지 않다. 더구나 저 박물관의 유해 속에도 들어 있지 않다. 그는 이미 내 마음속에 녹아들어 내 마음의 한 부분이 되어 있다. 그는 내 마음의 살이 되고 피가 되어 나와 함께 한평생을 살아왔고 또 살아갈 것이다. 그러니 나는 오히려 이 친구를 내 마음속 깊은 곳에서 찾아내야 옳다. 그러나 사람이라는 게 어디 이러한 원칙론 안에서만 사는가? 조상이 이미 거기 안 계신 것을 알면서 조상의 묘를 찾아가듯이, 혹시 영월 지방에 갈 일이 생긴다면 그 '책 박물관'을 꼭 한번 찾아가리라. 그리고 『초승달』 뒤표지에 혹시 내 옛 이름 석자가 적혀 있는지 꼭 확인하리라.

우리를 만들어 가는 것은 무엇일까요?

공기와 밥과 물, 햇볕이 그렇겠고, 사람들과의 만남이 그렇겠고, 어떤 일을 겪어 본 경험이 또한 우리를 키워 가는 것이겠지요. 책과의 만남도 또한 그럴 것입니다. 어린 시절 읽었던 책은 우리 안에 녹아들어 생각과 마음의 일부가 되지요.

그중에서도 특히 인상 깊은 몇 권의 책은 때로 삶의 지표나 우리가 가고자 하는 삶의 방향까지도 바꾸어 내곤 합니다. 글쓴이에게는 『초승달』이 나름의 의미를 지닌 각별한 책이었던 모양입니다. 처음에는 그런 줄 몰랐지만, 세월이 흘러 돌아보니 그 의미가 더욱 소중해진 것이지요.

여러분에게도 그런 책과의 만남이 있었는지요? 그런 만남이 많은 사람일수록, 그의 삶은 더 풍요롭고 깊어질 것. 혹여 아직 그런 책을 만나지 못했다면, 설레는 마음으로 다가올 만남을 기다려 보는 것도 좋겠지요?

생각의 마중물

내가 만난 "운명의 책"을 꼽아 보고, 그에 대해 이야기해 보아요.

앗, 운명의 책이다! 그 책의 제목은 :

그 책과 만난 때는 :

왜 그 책이 나의 운명의 책인가 :

서서 자는 말아

윤석중

말아
서서 자는 말아
너는 누굴 기다리니?

말아
서서 자는 말아
너는 베개가 없어 그러니?

말아
서서 자는 말아
너는 길을 가는 꿈을 꾸니?

말아
서서 자는 말아
너는 너는 벌을 쓰니?

말아
서서 자는 말아
너는 왜 말을 않니?

말하는 이는 말에게 자꾸만 질문을 던집니다. 질문 속에는 마음이 고스란히 드러나 있지요. 말을 바라보는 이의 마음은 어떤 것일지, 공감하며 이야기해 봅시다.

내 삶의 가치

안철수

호기심 많은 아이

어린 시절 나는 사람들 앞에서 말을 잘 못했고, 사람을 만나는 것
도 별로 좋아하지 않았습니다. 얼굴이 하얬기 때문에 밖에 나가면
아이들은 나를 '흰둥이'라고 놀려 댔습니다. 그렇게 자꾸 놀림을 받
게 되니 밖에 나가서 놀기가 더욱 싫어졌습니다. 길을 걸을 때에도 땅
만 보게 되었고, 성적이 그다지 좋지 않은 데다 운동도 못했기 때문
에 자신감을 가질 수 없었습니다. 운동장에서 놀다가 누구에게 맞기
라도 하면 울면서 집으로 돌아오곤 했습니다.

그만큼 나는 내성적이고 평범한 아이였습니다. 그러다 보니 자연히
나는 혼자서 뭔가를 만들며 지냈습니다. 또, 모든 일에 호기심이 많
은 편이었습니다.

호기심이라고 하니, 어릴 때 일이 생각나는군요.

어느 날, 누군가 내게 새들은 알을 품어 새끼를 깐다고 알려 주었
는데, 그게 정말인지 무척 궁금했습니다. 그래서 나는 직접 알을 부
화시켜 보겠다고 결심했습니다. 초등학교에 입학도 하기 전이라 발명
왕 에디슨이 알을 품어 병아리를 까려 했다는 이야기는 듣지도 못한
때였지요. 그날 밤 나는 냉장고에서 메추리 알 몇 개를 몰래 꺼내 와
이불 속에 품고 누웠습니다. 알이 다칠세라 무척 조심을 했지만 어느
순간 잠이 들었고, 다음 날 아침 메추리알은 박살이 나 있었습니다.

좀 더 자라서는 기계를 만지는 공학도가 되고 싶었습니다. 초등학
교 때에는 날마다 부모님을 졸라서 조립용 모형 공작물들을 샀습니
다. 그리고 비행기, 탱크 같은 플라스틱 모형들을 척척 만들어 냈습
니다.

중학교 때에는 『학생 과학』이라는 잡지에 발명품을 응모했는데,
그 달의 최우수 작품상을 받아 상품으로 라디오를 받은 일도 있었

습니다.

친척 집에 놀러 가면 집 안 여기저기를 뒤져 뭐든 괜찮다 싶은 물건이 있으면 그것을 분해해 놓고야 말았습니다. 당연히 친척 집에는 비상이 걸리곤 했지요. 내가 온다는 이야기를 들으면 쓸 만한 물건들을 모조리 내 손이 닿지 않는 곳으로 치워 놓아야 했습니다.

언젠가 이런 일도 있었습니다. 어느 집에 갔다가 어른들이 이야기 꽃을 피우고 있는 동안 벽에 걸린 괘종시계를 몰래 내려 한쪽 구석에서 다 뜯어 놓고 말았습니다. 다시 맞추면 될 것이라고 생각했지요. 그런데 생각과는 달리 한번 뜯은 시계는 영 다시 맞출 수가 없었습니다. 결국, 나는 또 한바탕 혼이 나고야 말았습니다.

노력하는 삶

학생 시절의 나는 '뭐 하나 잘하는 것이 없구나.' 하는 열등감에 사로잡혀 있었습니다. 하지만 내성적인 성격과 열등감, 그리고 게으름을 극복하는 나만의 방법을 몇 가지 갖게 되었습니다.

그중 한 가지는 내가 닮고 싶은 사람을 정하는 것입니다. 열등감을 느낄 때마다 어느 한 사람을 목표로 삼고 노력에 노력을 거듭했습니다. 고등학교 때에는 일등 하는 친구가 나의 목표였으며, 컴퓨터를 시작한 뒤로는 컴퓨터 전문가라고 불리는 사람들이 나의 목표가 되었습니다. 그들을 앞서려고 열심히 노력한 결과, 나보다 훨씬 위에 있다고 생각한 사람도 뛰어넘을 수 있게 되었습니다.

또 다른 한 가지는 책임감을 가지는 것입니다. 언제나 나에게 주어진 책임과 기대를 저버리지 않기 위해 노력했습니다. 나는 원래 그리 부지런한 사람은 아니지만, 주위 사람들을 실망시키기 싫어서 최선을 다했습니다.

1988년의 일입니다. '브레인'이라는 세계 최초의 컴퓨터 바이러스가 우리나라에도 상륙했습니다. 내 컴퓨터도 감염되었는데, 그것을 해결하기 위해 애쓰다가 컴퓨터 바이러스가 생물에게 병을 옮기는 바이러스와 비슷하다는 생각이 들었습니다. 때마침 컴퓨터에 관심을 가지고 공부하던 중이라 퇴치 방법을 연구하게 되었지요.

컴퓨터 바이러스를 처음 접한 뒤부터 나는 7년 동안 새벽 세 시에 일어나 아침 여섯 시까지 백신 프로그램을 만들었습니다. 오전 아홉 시부터는 의학을 전공하는 대학원생이자 조교로, 또 박사 학위를 받은 이후에는 해군 군의관으로 본업에 충실해야 했기 때문입니다. 잠이 모자라고 너무 힘이 들어서 모든 것을 그만두고 싶은 적도 한두 번이 아니었습니다.

그러나 약한 마음을 이겨 낼 수 있었던 것은 바로 컴퓨터 바이러스가 발생할 때마다 나에게 도움을 요청하던 많은 사람들 때문이었습니다. 나는 이들의 기대를 차마 저버릴 수가 없었습니다. 그래서 계속해서 백신 프로그램을 만들게 되었습니다.

나는 겸손과 다른 사람에 대한 존중을 중요한 가치로 삼고 살아왔습니다. 바이러스 퇴치 프로그램인 백신 프로그램을 만들고 나서 사람들에게 큰 호응을 얻었을 때, 나라고 왜 남들 칭찬에 우쭐한 마음이 들지 않았겠습니까. 그런 마음이 들 때마다 '세상에는 알게 모르게 나보다 뛰어난 사람이 많을 거야. 그러니 나 같은 사람은 정말 아무것도 아니야.'라고 늘 생각하면서 노력했습니다.

브레인(Brain Virus) 컴퓨터 바이러스 모델이 됨. 파키스탄의 알비 형제가 만듦.
바이러스(virus) 컴퓨터를 비정상적으로 작용하게 만드는 프로그램.
퇴치 물리쳐서 아주 없애 버림.

책은 지혜와 행동 기준의 원천

어려서부터 만들기 못지않게 내가 좋아한 것이 바로 책 읽기였습니다. 사람들은 험한 세상을 헤쳐 나가려면 교과서대로 해서는 안 된다는 말을 종종 합니다. 책에서 배운 것과 세상살이는 다르다는 말이지요. 그런데 나는 이 말에 찬성하지 않습니다. 아직도 나는 교과서와 책이야말로 지혜와 행동의 기준을 얻는 데에 가장 효과적인 도구라고 생각합니다. 실제로 나는 책에서 어떻게 살아가야 하는지를 배웠습니다.

나는 좋은 책을 만나면 밤을 새워 가며 읽습니다. 한눈팔지 않고 읽으면 300쪽 정도는 네다섯 시간 안에 독파하기도 했습니다. 전문 서적을 통해서는 관련 전문 지식을 얻을 수 있었고, 소설책을 통해서는 인간의 다양한 성격을 경험할 수 있었습니다.

이렇게 책 읽기가 습관이 되다 보니, 언제부터인가 나는 미지의 세계로 들어갈 때에는 항상 책을 통해서 먼저 그 세계를 경험한다는 원칙을 갖게 되었습니다.

한때 나는 취미 활동과 정신 수련을 위해서 바둑을 배운 적이 있습니다. 바둑을 배워야겠다는 생각이 들자 먼저 서점부터 갔습니다. 서점에 나와 있는 바둑에 대한 책을 손에 잡히는 대로 50권 정도를 사서 읽었습니다. 책을 통해서 바둑이 어렴풋이 머리에 그려질 즈음 기원에 나가기 시작했지요. 처음에는 공부한 것이 전혀 소용없는 것 같았습니다. 그런데 바둑을 자꾸 두다 보니 책을 읽어 둔 것이 좋은 거름이 되어 잘 할 수 있게 되었습니다.

독파 많은 분량의 책이나 글을 처음부터 끝까지 다 읽음.
미지 아직 알지 못함.
기원 바둑을 두는 사람에게 장소와 시설을 빌려 주고 돈을 받는 곳.

이러한 방법은 컴퓨터의 경우에도 마찬가지였습니다. 기계를 사기 전에 먼저 컴퓨터에 관한 책을 사서 읽었습니다. 읽다가 모르는 부분이 있으면 빨간 줄을 그어 놓고, 그것에 대해 잘 설명해 놓은 다른 책을 구해 읽었습니다. 비록 책 내용 가운데 이해가 안 되는 부분이 많더라도 여러 번 읽다 보면 마침내 그 책을 통째로 이해할 수 있게 되었습니다.

이처럼 책을 이용하는 방법은 처음 한 단계를 올라서는 데에 남보다 많은 시간이 걸립니다. 하지만 얼마 안 가서 속도가 붙고 남들보다 훨씬 빨리 이해할 수 있게 됩니다.

또, 책은 앞으로 살아갈 방향을 똑바로 알려 주는 내 정신의 지표가 되었습니다. 만일 나에게 끊임없이 연구하고 노력하는 자세가 있다면, 그것은 내가 감명 깊게 읽은 책에 크게 영향을 받아서일 것입니다.

특히, 일본인 수학자 히로나카 헤이스케가 쓴 『학문의 즐거움』이란 책은 내게 삶을 살아가는 비결을 전해 주었습니다. 평범한 학생이었던 히로나카 헤이스케가 자신의 평범함을 꾸준한 노력으로 극복해 천재들이 모인다는 하버드 대학에서 박사학위를 받고, 수학의 노벨상이라는 필즈상을 받게 되는 과정이 실려 있는 책입니다.

그 책의 내용 가운데 내가 평생의 생활신조로 삼은 구절이 있습니다.

"어떠한 문제에 부딪히면 나는 미리 남들보다 시간을 두세 곱절 더

지표 방향이나 목적, 기준 따위를 나타내는 표지.
생활신조 생활을 해 나가는 데 있어서 교의처럼 어김없이 지키고자 하는 조항.

투자할 각오를 한다. 그것이야말로 평범한 두뇌를 지닌 내가 할 수 있는 유일한 방법이다."

내가 특히 이 일본인 수학자를 좋아하는 이유는 그가 천재형이 아니라 바로 노력하는 사람의 전형이기 때문입니다. 평범한 사람이 노력을 거듭한 끝에 원래 천재인 사람보다 더 빛나는 업적을 남길 수 있었던 이야기를 읽으며 내 갈 길에 한 줄기 빛을 보는 듯한 감동을 받았습니다. 내가 그리 뛰어난 재주를 가지지 않았으면서도 남보다 먼저 어떤 일을 할 수 있었다면, 그것은 책으로부터 얻은 교훈 때문일 것입니다.

나는 지금도 내 능력에 벅찬 문제들에 수시로 부딪힙니다. 내 수준을 넘는 어려운 문제를 해결하기 위해서는 천재들보다 두세 곱절 더 시간을 들여야 하는 것이 어쩌면 당연한 일인지도 모릅니다. 또, 그것이야말로 내가 할 수 있는 유일한 방법인지도 모릅니다. 나는 마음속으로 히로나카 헤이스케가 말한 구절을 떠올리며 정신을 가다듬고는 합니다. 그리고 앞으로도 그 가르침대로 살아갈 것을 다짐합니다.

전형 같은 부류의 특징을 가장 잘 나타내고 있는 본보기.

소곤소곤

　그는 뛰어난 천재임이 분명하다고, 우리 평범한 사람들과는 다른 존재일 것이라고 생각했습니다. 그런데 그 역시 어린 시절 자신을 '지극히 평범하다 못해 열등한 존재라고 생각했다.'고 하네요. 다만 그가 가졌던 것은 이런 신조, "어떠한 문제에 부딪히면 나는 미리 남들보다 시간을 두세 곱절 더 투자할 각오를 한다. 그것이야말로 평범한 두뇌를 지닌 내가 할 수 있는 유일한 방법이다."

　그야말로 천재의 전형이 아니라 노력하는 사람의 전형. 그의 겸손함이, 그리고 그가 끊임없이 행해 왔던 노력하는 삶이 읽는 이에게도 한 줄기 빛을 던져 줍니다.

생각의 마중물

　삶의 신조란 자기가 걸어가야 할 길의 이정표 같은 것입니다. 어떻게 살아가야 할지, 어떤 방향으로 가야 할 지 스스로 목표를 정해두는 것이지요. 여러분의 삶의 신조는 무엇인가요? 혹 아직 정해지지 않았다면 한 번 정해 볼까요?

　나의 삶의 신조 :

　그것을 삶의 신조로 삼은 이유 :

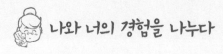 나와 너의 경험을 나누다

　다른 이들의 경험 이야기에 귀를 기울이다 보니 여러분도 하고 싶은 말들이 많이 생겨났지요? 수필마다 여러분이 떠올렸던 생각들은 바로 좋은 수필의 재료가 된답니다. 그 재료들을 잘 다듬어 한 편의 수필로 써 봅시다.

내가 고른 글감 :

제목 :

경험 속의 성찰

다른 이의 삶을 읽는다는 것은 그의 경험을 읽는 것이고, 그의 생각을 읽는 것이며, 그의 삶에 대한 태도나 가치관까지를 읽는 것이지요. 또한 그가 살았던 시대의 삶과 가치관을 함께 읽는 것이기도 합니다.

다른 삶과의 만남은 우리의 삶에도 영향을 끼치고, 우리 삶을 변화시키곤 합니다. 우리는 그런 경험을 통해 우리 자신의 삶을 돌아보고, 우리가 속한 사회의 가치관을 또한 다시 한 번 성찰해 보게 되지요.

우리가 사는 삶이 전부가 아닐 수도 있는 건가? 이렇게 살 수도 있는 것이구나. 이런 생각도 가능한 것이네. 우리는 잘 살고 있는 것일까? 어떻게 사는 것이 잘 사는 것일까?

글을 읽으며 이런 질문이 자꾸만 떠오른다면 글을 아주 잘 읽고 있는 것이랍니다. 그런 질문들은 우리에게 다른 이에게 열린 마음을 가지게 해 주며, 우리가 살아가는 모양새를 진지하게 성찰하는 습관을 가져다줍니다. 그리하여 우리 삶이 조금씩 더 웅숭깊고 따뜻해진다면, 세상을 보는 우리의 눈이 더 깊어지고 넓어진다면, 우리가 글을 읽는 목적이 다 이루어지고도 남는 것이겠지요.

눈 감아라 눈 감아라

김용택

집에 석유 보일러가 고장이 난 모양이다. 펑 하고 돌다가 갑자기 피시시 꺼져 버리곤 했다. 답답하기만 했다. 보일러 시공자에게 전화를 걸었더니 "에야(공기)"가 찬 모양이란다. 어디, 어디를 눌러 보고 다시 전원을 넣어 보란다. 시키는 대로 해 보면 펑 하고 터졌다가는 피시시 그쳐 버리곤 했다.

다시 전화를 했다. 시공자가 왔다. 다짜고짜 '에야'가 찼다며 '에야'를 빼내기 위해 물을 먼저 빼내야 된다며 호스를 가져오란다. 호스를 어디에 끼우니 뜨건 물이 호스를 따라 나와 김을 모락모락 피우며 마당에 퍼지는 것이었다. 이때 어머니께서 재빨리 마당에 나오시더니 마당에 퍼지는 뜨거운 물 가까이에 이렇게 조용조용 말씀을 하시는 것이었다.

"눈 감아라, 눈 감아라."

나는 그 모습이 너무 엄숙하고 진지하여 그저 가만히 숨을 죽이고 있다가 그 말씀이 끝나자 어머니께 여쭈어 보았다. 대충 짐작은 했지만 어머니의 말씀은 너무나 진지하였다.

뜨거운 물이 땅에 스며들어 땅속의 벌레들 눈에 닿으면 눈이 먼다는 것이었다. 그러니 벌레들에게 눈을 감으라고 일러 준다는 것이다.

캄캄한 땅속의 벌레의 눈.

어머니와 내 둘레 캄캄한 어둠 속의 눈들이 반짝이며 별빛처럼 빛나는 것을 나는 보았다. 별빛 하나 다치지 않으련다. 별빛 하나 다치게 해선 안 된다. 별빛처럼 빛나는 세상의 모든 살아 있는 눈빛들에게 지금 우리는 "눈 감아라, 눈 감아라."라는 경고도 없이 뜨거운 물을 마구 붓지 않는지. ⊕

캄캄한 땅속 벌레들에게까지 가 닿는 연민의 마음, 그런 마음이 바로 진짜 인간의 마음이 아닐는지요.

우리는 참 열심히 무언가를 만들어내고 연구하고 발전시켜 왔지만, 그러는 사이 이런 인간의 마음으로부터는 또 열심히 멀어져 오고 있습니다. 저 벌레들도 우리들처럼 살아 있는 존재이고. 그들이 우리와 아주 가까이 긴밀하게 맺어진 존재임을, 우리가 사랑하는 사람들만큼이나 살뜰히 살펴주고 생각해 주어야 하는 존재임을 글쓴이의 어머니는 몸으로 체득하고 있는 것입니다. 어머니의 마음이 캄캄한 어둠 속의 별빛처럼 반짝, 빛납니다.

생각의 마중물

우리 주위에 있는 사물이나 동물, 식물의 눈으로 우리 자신을 한번 바라봅시다. 그들이 우리에게 서운함을 느꼈다면, 우리의 무심함으로 상처를 입었다면 그건 왜일까요? 그들의 마음이 되어 이야기해 봅시다.

내가 정한 대상 :

(   )가 인간에게 하고 싶은 이야기 :

먹어서 죽는다

법정

우리나라는 어디를 가나 온통 음식점 간판들로 요란하다. 도심에서 조금만 벗어나면 '가든'이 왜 그리도 많은지, 서너 집 건너마다 가든이다. 숯불 갈비집을 '가든'이라고 부르는 모양이다. 사철탕에다 흑염소집, 무슨 연극의 제목 같은 '멧돼지와 촌닭집'도 심심찮게 눈에 띈다. 이 땅에서 이미 소멸해 버리고 없다는 토종닭을 요리하는 집도 버젓이 간판을 내걸고 있다. 게다가 바닷가에는 동해, 황해, 남해, 가릴 것 없이 경관이 그럴 듯한 곳이면 횟집들이 다닥다닥 붙어 있다.

우리나라 사람들이 이렇듯 먹을거리에, 그중에서도 육식에 열을 올린 지는 그리 오래 된 일이 아니다. 1960년대 이래 산업화와 도시화의 영향으로 식생활이 채식 위주에서 육식 위주로 바뀌었다. 국민 건강이나 한국인의 전통적인 기질과 체질을 고려한다면, 육식 위주의 식생활은 결코 바람직하지 않다.

환경 운동가로 널리 알려진 제레미 리프킨은 『쇠고기를 넘어서』라는 책에서 개인의 건강을 위해서든, 지구 생태계의 보존을 위해서든, 굶주리는 사람을 위해서든, 동물 학대를 막기 위해서든, 산업 사회에서 고기 중심의 식생활 습관을 하루빨리 극복되어야 한다고 역설하고 있다.

그가 인용한 자료에 따르면, 소와 돼지, 닭 등 가축들이 지구상에서 생산되는 곡물의 3분의 1을 먹는다고 한다. 미국에서 생산되는 곡물의 70% 이상이 가축의 먹이로 사용된다. 초식 동물인 소가 풀이 아닌 곡식을 먹게 된 것은 우리 시대에서 일어난 일인데, 이런 사실을 농업의 역사에서 일찍이 없었던 새로운 현상이다. 오늘날 미국에서는 1파운드의 쇠고기를 생산하는 데 16파운드의 곡식이 들어갔다고 한다. 고기 중심의 식사습관은 이처럼 한정된 식량 자원을 낭비하고 있다.

가난한 제3세계에서는 곡식이 모자라 어린이를 비롯해서 수백 만의 사람들이 굶주려 죽어 가는데, 산업화된 나라에서는 수백 만이 넘는 사람들이 동물성 지방을 지나치게 섭취하여 심장병, 뇌졸중, 암과 같은 병으로 죽어가고 있다.

미국 공중 위생국의 한 보고서에 따르면, 1987년에 사망한 210만 명의 미국인 중에서 150만 명은 지방의 지나친 섭취가 사망의 주요 원인이 되었다고 한다. 특히, 미국에서 둘째 번으로 흔한 질병인 대장암은 육식과 직접 관계가 있다고 한다. 또 다른 보고서에 따르면, 고기 소비와 심장 질환 및 암 발생이 서로 관련이 깊다고 한다. 쇠고기 문화권에서 심장병 발생률이 채식 문화권에서의 발생률보다 무려 50배나 더 높다는 것이다. 그러니 오늘날 미국인들과 유럽인들은 말 그대로 "먹어서 죽는다."고 할 수 있다.

이와 같은 연구 사례를 읽으면서 내가 두려움을 느낀 것은, 요즈음 우리나라에서도 어른 아이 할 것 없이 우리의 전통적인 식생활 습관을 버리고 서양식 식생활 습관을 그대로 모방하고 있다는 점이다. 병원마다 환자들로 초만원을 이루고 있는 원인이 어디에 있는지 우리는 곰곰이 생각해 보아야 한다. 먹어서 죽는 것은 미국인들과 유럽인들만이 아니다. 우리도 먹어서, 너무 기름지게 먹어서 죽을 수도 있다.

리프킨의 책을 읽으면서, 우리 인간이 얼마나 잔인하고 무자비한가를 같은 인간으로서 부끄러워하지 않을 수 없다. 어린 수송아지들은 태어나자마자 거세된다. 좀 더 순하게 만들어 고기를 연하게 하기 위해서이다. 그리고 비좁은 우리에서 짐승들끼리 상처를 입히지 않도록 하기 위해 쇠뿔의 뿌리를 태우는데, 소를 마취도 하지 않고 뿌리를 태우는 약을 사용한다. 그뿐만 아니라, 최소한의 시간에 최대한 빨리 성장하도록 성장 촉진 호르몬을 주사하거나 소한테 여러 약들을 먹인다. 또, 가두어 기르는 사육장은 질병이 발생하기 쉽기 때문에 항생제를 쓰는데, 특히 젖소들한테 많이 투여한다. 사람들이 먹는 쇠고기에 항생제 성분이 남아 있을 것은 뻔하다.

태어나자마자 거세되고 갖은 약물이 주입되는 소들은 옥수수, 사탕수수, 콩 같은 곡물을 먹게 되는데, 그 곡물들 또한 제초제로 절여진 것들이다. 현재 미국에서 사용하는 제초제의 80%가 옥수수와 콩에 살포된다고 한다. 말 못하는 짐승들이 이런 곡식들을 먹으면, 그 제초제가 동물의 몸에 축적되고, 수입 쇠고기를 먹는 이 땅의 소비자들에게 그대로 옮겨진다. 미국 학술원의 국립 조사 위원회에 따르면, 제초제에 오염된 가축으로는 소가 제 1위이고, 살충제 오염으로는 소가 제 2위를 차지한다고 한다. 쇠고기에 남아 있는 제초제와 살충제로 인해 발암 위험이 높아지는 것은 더 말할 필요가 없다.

리프킨의 글을 읽으면서, 육식 위주의 요즈음 우리 식생활이 얼마나 어리석고 위태로운 먹거리로 이루어져 있는가를 되돌아본다. 그의 글은 일찍이 우리가 농경 사회에서 익혀 온 식생활이 더없이 이상적이고 합리적이라는 사실을 깨우쳐 주고 있다. 우리는 그릇되게 먹어서 죽는 어리석음에서 벗어나야 한다. 🐝

'살기 위해 먹는 것'이 아니라 '먹기 위해 먹는 시대'가 되었습니다. 사람들은 배를 채우기 위해서가 아니라 '먹는 즐거움'을 누리기 위해 먹습니다. 특히 예전에는 쉽게 맛볼 수 없었던 육식이 흔한 음식이 되었습니다.

그런데 그런 변화는 온당한 것일까요? 혹은 우리 인류가 감당할 만한 것일까요? 법정 스님은 그에 대해 단호히 '아니다'라고 말합니다. '먹어서 사는' 것이 아니라 '먹어서 죽는' 어리석음을 범할 수 있다고 이야기합니다. 먹는 것이 나의 개인적인 식습관이 아니라 지구 전체의 운명을 좌우할 수도 있는 커다란 명제임을, 이 글은 다시 한번 깨닫게 합니다.

여러분의 오늘 저녁 메뉴는 무엇인가요? 생각지 않았던 문제를 고민하게 되었다고요? 가만히 우리의 삶을 성찰하게 하는 힘, 때로는 변화시킬 수도 있는 힘, 그 조용하고도 엄숙한 힘이 바로 '글의 힘'입니다.

우리 식생활 문화에 대한 가상 토론을 해 봅시다. 이 글 속의 주장에 대한 여러분의 생각은 어떤가요? 다른 사람들은 어떤 입장일까요? 가상의 인물들을 등장시켜 토론을 이어가 봅시다.

법정 스님   육식 위주의 식생활은 개인의 건강을 위해서도, 지구 생태계 전체의 균형을 위해서도 옳지 않습니다.

나

(   )

(   )

달려라 냇물아

최성각

대관령에서부터 불어닥치는 봄바람이 유난히 극성맞았던 지방 소도시, 전쟁이 멈춘 뒤 아버지는 시장에서 제법 큰 규모의 건어물상을 벌였다. 장사가 번창할 때 학교를 다니던 형들은 '살양말'을 신고 유치원에도 다녔다고 한다. 그렇지만 내가 태어나 학교에 입학한 60년대 초반, 아버지는 상점을 접고 돼지를 기르기 시작하셨다. 하지만 형들의 좋은 시절과 달리 나는 학교에서 돌아오면 손수레를 끌고 구정물을 거두러 다녔다. 구정물이란 '돼짓물'이라는 말과 같이 쓰였는데, 음식쓰레기를 일컫는 영동 지방 말이다. 그 성정이 매우 친근하고 관대하며 알고 보면 청결하기까지 한 돼지에게 인류가 줄기차게 가하고 있는 부당한 오해와 몹쓸 대접처럼, 돼지가 먹는 음식에조차 구정물이라는 모욕적인 언사를 사용한 것은 참 지나친 처사였다고 생각된다.

나는 소문난 개구쟁이였지만, 아버지를 유난히 좋아했기에 구정물 거두는 일만큼은 불평 없이 충직하게 도왔다. 내 유난히 굵은 장딴지도 아마 모르긴 몰라도 그때 붙은 것이 아닌가 싶은데 만약 리어카 운전을 누가 잘하나, 그런 대회가 있다면 지금이라도 최소한 준결승 정도는 오를 자신이 있다. 열댓 마리쯤 키우던 우리집 돈사는 시에서 2킬로미터쯤 떨어진 남대천 방둑 아래에 있었다. 돈사 옆으로는 하천을 낀 제법 너른 밭도 있어서 감자도 심고 파 농사도 지었다. 어느 해 초여름이었을 것이다. 거름을 치운 뒤 아버지가 느닷없이 새끼 돼지 한 마리를 들고 냇가로 가시는 것이었다. 이유를 몰라 여쭸더니, "이놈은 딴 놈들 때문에 어쩔 수가 없다."라고 하셨다. 그 이해할 수 없는 행위와 요령부득의 발언은 특별히 나를 귀여워하셨고, 일을 마치

성정 성질과 심정. 또는 타고난 본성.
돈사 돼지우리.
요령부득 말이나 글 따위의 요령을 잡을 수가 없음.

고 타는 듯한 노을을 바라보며 빈 손수레를 끌고 집으로 돌아올 때, 말릴 수 없는 호기심으로 이 세계에 대해 재잘대던 막내의 충실한 말벗이 되어주시곤 했던, 그 아버지의 것이 아니었다.

집에 돌아와 저녁 밥상머리에서 어머니를 통해 사정을 알게 된즉, 어미 돼지가 새끼를 낳았는데 열두 개의 젖꼭지 수보다 한 마리 더 낳았다는 것이다. 그러니 그중 제일 약한 새끼 돼지는 비록 세상에 아무런 해악을 끼친 바 없지만 단지 약하다는 이유로 희생되어야 한다는 거였다. 그래야 다른 형제 돼지들이 젖꼭지를 하나씩 차지해 온전하게 자랄 수 있다는 것이었다. 약하게 태어났다는 것이 곧 형벌의 이유였다. 어린 나로서는 그 부조리가 도무지 납득이 안됐지만, 그보다는 저녁밥을 먹는 내내 어두워지는 냇물에서 하염없이 떠내려 갈 새끼 돼지를 어떻게 하면 건져낼 수 있을까, 그게 더 걱정스럽고 급한 일이었다.

저녁을 먹은 뒤, 어른들 몰래 집을 빠져 나온 나는 40년 전 지방 소도시의 캄캄한 어둠을 헤치고 아버지가 돼지를 던졌던 지점에서부터 바다에 이르는 10리길 방둑을 냇물을 따라 뛰듯이 걸어내려 갔다. 어느 지점에선가 물가로 밀려 나와 꿀꿀대는 새끼 돼지의 목소리를 듣게 될지도 모른다고 간절히 믿고 있었을 게다. 일제 때 쌓았을 게 틀림없는 개천의 방둑에는 돌망태를 엮은 녹슨 철조망이 더러 풀어 헤쳐져 어린 소년에게는 매우 위험한 모험이 아닐 수 없었다. 잡풀도 소년의 키만큼 우거져 있었고, 물뱀이나 자라가 살던 냇물이었다. 물뱀은 독이 없다지만 미끈거려 싫었고, 자라 이빨은 철사도 휠 정도로 무서웠다. '그때 그 소년'은 아마 제정신이 아니었던 것 같다. 해 떨

부조리 이치에 맞지 아니하거나 도리에 어긋남. 또는 그런 일.
돌망태 돌을 담는, 철사로 만든 망태. 냇가에 둑이나 보를 쌓을 때 쓴다.

어지면 무서워 뒷간은커녕 밤똥 누러 마당 구석에도 혼자 못 나가던 그 소년이 새끼 돼지를 건지겠다는 뜨거움으로 미쳐 있었다.

그 방둑은 여름이면 가족 모두 줄을 서서 해수욕을 가던 길이었다. 아버지는 짐 자전거에 천막과 장작을 싣고, 어머니는 무쇠솥을 머리에 이고, 우리 형제들은 제각각 감당할 수 있는 무게의 수박과 참외를 들고, 땀 뻘뻘 흘리며, 10리길 해수욕을 가던, 그 방둑길이었다. 방둑 아래 하얀 신작로에는 햇살에 반짝이는 미루나무가 바람에 흔들렸고, 바닷가에서 가장 가까운 과수원 앞 초등학교에 이르면 매미소리가 귀청이 찢어지도록 진동했다. 방둑이 끝나면 곧 바다로 이어졌는데, 발바닥에 불이 날 것처럼 뜨겁고 눈부셨던 백사장에 이르면 아버지는 천막을 치고 솥을 건 뒤에 머리에 흰 수건을 동여매고 '사루마다' 바람으로 바다로 들어가셨다. 어머니는 무와 고추장을 넣고 고깃국을 끓이고, 우리는 이중섭의 은박지에 그려진 아이들처럼 발가벗고 바다에 뛰어들어 고개를 파도 위로 내밀고 죽죽 헤쳐나가는 아버지의 늠름한 헤엄을 흉내 냈다.

지척을 모를 어두운 방둑 아래 냇가에서 얼마나 헤맸을까. 삐죽이 튀어나온 철사에 옷이 찢어지더니 피도 나고, 더러 발을 헛디뎌 넘어지기도 했던 것 같다. 그런데 참으로 거짓말 같은 일이 일어났다. 바다가 얼마 남지 않은 하구의 갈대숲에서 이상한 소리가 들렸다. 새끼 돼지 소리였다. 꿀꿀꿀, 춥고, 배고프고, 외롭고, 무서움에 찌든 새끼 돼지의 가냘픈 울음소리가 냇물 가장자리에서 들렸다. 아버지가 버린 그 새끼 돼지였다. 바로 그 순간 느꼈던, 끝까지 살아 낸 어린 생명에 대한 벅찬 반가움과 기쁨은 이후 오십이 넘도록 나는 다른 어

사루마다 '사루마타'라는 일본어. 남성용 팬티를 뜻함.

떤 순간에도 다시 느낄 수 없었다.

젖은 새끼 돼지를 품에 안고 캄캄한 방둑 길에서 돈사까지 다시 되돌아올 때, 돼지 새끼만큼 내 가슴도 어떤 감격으로 세차게 뛰었을 것이다. 40년 전 지방 소도시 외곽의 밤은 달빛이나 별빛밖에 없었다. 만약 그때가 흐린 날이라면 얼마나 캄캄했을까. 하지만 개울을 따라 내려갈 때 만났던 어둠은 새끼 돼지를 찾겠다는 열망 때문에 어둡지 않았고, 다행히 돼지를 찾아 안고 돈사로 올라올 때의 그 어둠은 가슴이 터질 것 같은 환한 기쁨으로 인해 또한 어둡지 않았을 것이다. 그것은 대단히 개인적인 경험이지만, 마음의 힘과 관련해 여전히 깊이 생각해 볼 만한 일이 아닌가 싶다.

이튿날 어른들에 의해 바로 발견된 그 새끼 돼지는 결국 내가 학교에 간 사이에 없어지고 말았다. 세월이 많이도 흐른 뒤, 어쩌다 나는 환경 운동을 하는 글쟁이가 되고 말았을까. 곰곰이 지난 시간을 되짚어 볼라치면, 아마 어린 날의 그 새끼 돼지 사건과 무관하지 않은 것만 같다. "달려라 냇물아 푸른 벌판을……." 그때 부르던 노래였다.

　어린 시절의 경험이 어른이 된 후의 자신을 만들어 가는 것. 이 글 속의 '나(화자)'는 버려진 새끼 돼지를 구하러 어두운 방둑길을 달려 내려갔던 어린 시절의 경험을 떠올립니다. 아버지가 나쁜 사람인 것은 아니었지만, 어쩌면 가장 약한 존재를 하는 수 없이 버려 나머지 새끼들을 건강히 길러내는 것이 자연의 법칙인지도 모르지만, 그럼에도 불구하고 그 어린 녀석을 모른 체 할 수 없는 마음, 그런 마음을 알게 된 소중한 경험이었지요. 새끼 돼지는 결국 처단되고 말았지만, '나'의 마음에는 생명에 대한 감각과 자세가 오롯이 자리 잡게 된 것이지요. '나'는 그때의 기억이 환경 운동을 하는 글쟁이인 자신을 만들었을 것이라 생각합니다.

　글 속의 '나'가 그랬듯, 여러분이 만나는 경험들은 부지런히 여러분을 만들어가고 있겠지요. 여러분은 어떤 존재가 되어가고 있나요? 혹은 어떤 존재가 되고 싶은가요?

30년 후의 여러분은 무엇이 되어 있을까요? 30년 후로 날아가 봅시다. 그리고 과거를 돌아볼 때 여러분의 어떤 경험이 여러분을 그런 존재로 만들었을까요? 자유롭게 상상하여 이야기해 봅시다. 미래를 적극적으로 내다보면 어느 새 그 미래가 나의 것이 되는 경우는 아주 많답니다.

30년 후의 나는 :

_____

_____

_____

_____

_____

_____

나를 그렇게 만든 것은 어린 시절의 이런 경험 :

_____

_____

_____

_____

_____

_____

_____

_____

_____

_____

꼴찌에게 보내는 갈채

박완서

신나는 일 좀 있었으면

가끔 별난 충동을 느낄 때가 있다. 목청껏 소리를 지르고 손뼉을 치고 싶은 충동 같은 것 말이다. 마음속 깊숙이 잠재한 환호에의 갈망 같은 게 이런 충동을 느끼게 하는지도 모르겠다.

그러나 요샌 좀처럼 이런 갈망을 풀 기회가 없다. 환호가 아니라도 좋으니 속이 후련하게 박장대소라도 할 기회나마 거의 없다. 의례적인 미소 아니면 조소·냉소·고소가 고작이다. 이러다가 얼굴 모양까지 얄궂게 일그러질 것 같아 겁이 난다.

환호하고픈 갈망을 가장 속 시원하게 풀 수 있는 기회는 뭐니 뭐니 해도 잘 싸우는 운동 경기를 볼 때가 아닌가 싶다. 특히 국제 경기에서 우리편이 이기는 걸 텔레비전을 통해서나마 볼 때면 그렇게 신이 날 수가 없다.

그러나 곰곰이 생각해 보니 그런 일로 신이 나서 마음껏 환성을 지를 수 있었던 기억이 아득하다. 아마 박신자 선수가 한창 스타 플레이어였을 적, 여자 농구를 보면 그렇게 신이 났고, 그렇게 즐거웠고, 다 보고 나선 그렇게 속이 후련했던 것 같다.

요즈음은 내가 그 방면에 무관심해져서 모르고 있는지는 모르지만 그때처럼 우리를 흥분시키고 자랑스럽게 해 주는 국제 경기도 없는 것 같다. 지는 것까지는 또 좋은데 지고 나서 구정물 같은 후문에 귀를 적셔야 하는 고역까지 겪다 보면 운동 경기에 대한 순수한 애정마저 식게 된다.

이렇게 점점 파인 플레이가 귀해지는 건 비단 운동 경기 분야뿐일까. 사람이 살면서 부딪치는 타인과의 각종 경쟁, 심지어는 의견의

조소 비웃음.
냉소 쌀쌀한 태도로 비웃음. 또는 그런 웃음.

차이에서 오는 사소한 언쟁에서까지 그 다툼의 당당함, 깨끗함, 아름다움이 점점 사라져 가는 느낌이다.

그래서 아무리 눈에 불을 밝히고 찾아도 내부에 가둔 환호와 갈채에의 충동을 발산할 고장을 못 찾는지도 모르겠다.

뭐 마라톤?

요전에 시내에 나갔다가 집으로 돌아올 때의 일이다. 집을 다 와서 버스가 정류장 못 미쳐 서서 도무지 움직이지를 않았다. 고장인가 했더니 그게 아닌 모양이었다. 앞에도 여러 대의 버스가 밀려 있었고 버스뿐 아니라 모든 차량이 땅에 붙어 버린 듯이 꼼짝을 못 하고 있었다.

나는 그날 아침부터 괜히 걷잡을 수 없이 우울해 있었다. 그래서 버스가 정거장도 아닌 데 서 있다는 사실을 참을 수가 없었다.

"언제까지 이러고 있을 거요?"

나는 부끄럽게도 안내양에게 짜증을 부렸다. 마치 이 보잘것없는 소녀의 심술에 의해서 이 거리의 온갖 차량이 땅에 붙어 버리기라도 했다는 듯이. 그러나 안내양은 탓하지 않고 시들하게 말했다.

"아마 마라톤이 끝날 때까진 못 가려나 봐요."

"뭐 마라톤?"

그러니까 저 앞 고대에서 신설동으로 나오는 삼거리쯤에서 교통이 차단된 모양이고 그 삼거리를 마라톤의 선두 주자가 달려오리라. 마라톤의 선두 주자! 생각만 해도 우울하게 죽어 있던 내 온몸의 세포가 진저리를 치면서 생생하게 살아나는 것 같았다. 나는 그 선두 주

주자 경주하는 사람.

자를 꼭 보고 싶었다. 아니 꼭 봐야만 했다.

나는 차비를 내고 나서 내려 달라고 했다. 안내양이 정류장이 아니기 때문에 안 된다고 했다. 나는 마음이 급한 김에 어느 틈에 안내양에게 시비를 걸고 있었다.

"정류장이 아니기 때문에 못 내려 주겠다고? 그럼 정류장도 아닌데 왜 섰니? 응, 왜 섰어?"

"이 아주머니가, 정말⋯⋯."

안내양은 나를 험상궂게 째려보더니 획 돌아서서 바깥을 내다보며 상대도 안 했다. 그래도 나는 선두로 달려오는 마라토너를 보고 싶다는 갈망을 단념할 수가 없었다. 나는 짐짓 발을 동동 구르며 안내양의 어깨를 쳤다.

"아가씨, 내가 화장실이 급해서 그러니 잠깐만 문을 열어 줘요, 응."

"아주머니도 진작 그러시지, 신경질 먼저 부리면 어떡해요."

안내양은 마음씨 좋은 여자였다. 문을 빠끔히 열고 먼저 자기 고개를 내밀어 이쪽저쪽을 휘휘 살피더니 재빨리 내 등을 길바닥으로 떠다밀어 주었다.

일등 주자를 기다리는 마음

나는 치마를 펄럭이며 삼거리 쪽으로 달렸다. 삼거리엔 인파가 겹겹이 진을 치고 있으리라. 그 인파는 저만치서 그 모습을 드러낸 선두 주자를 향해 폭죽 같은 환호를 터뜨리리라.

아아, 신나라. 오늘 나는 얼마나 재수가 좋은가. 오랫동안 가두었던 환호를 터뜨릴 수 있으니. 군중의 환호, 자기 개인적인 이해관계와 전혀 상관없는 환호, 그 자체의 파열인 군중의 환호에 귀청을 떨 수 있으니.

잘 하면 나는 겹겹의 군중을 뚫고 그 맨 앞으로 나설 수도 있으리라. 그러면 제일 큰 환성을 지르고 제일 큰 박수를 쳐야지, 나는 삼거리 쪽으로 달음질치며 나의 내부에서 거대한 환호가 삼거리까지 갈 동안 미처 못 참고 웅성웅성 아우성을 치고 있는 것처럼 느꼈다.

그러나 숨을 헐떡이며 당도한 삼거리에 군중은 없었다. 할 일이 없어 여기 이렇게 빈둥거리고 있을 뿐이라는 듯 곧 하품이라도 할 것 같은 남자가 여남은 명 그리고 장난꾸러기 아이 녀석들이 대여섯 명 몰려 있을 뿐이었고 아무데서고 마라토너가 나타나기 직전의 흥분은 엿뵈지 않았다.

그러나 여전히 호루라기를 입에 문 순경은 차량의 통행을 금하고 있었다. 세 갈래 길에서 밀리고 밀린 채 기다리다 지친 차량들이 짜증스러운 듯이 부릉부릉 이상한 소리를 내며 바퀴를 조금씩 들먹이는 게 곧 삼거리의 중심을 향해 맹렬히 돌진할 것처럼 보이고 그럴 때마다 순경은 날카롭게 호루라기를 불어 댔다. 그때 나는 내가 전혀 예기치 않던 방향에서 쏟아지는 환호 소리를 들었다. 그것은 내 뒤쪽 조그만 라디오방 스피커에서 나는 환호 소리였다.

"선두 주자가 드디어 결승점 전방 10미터, 5미터, 4미터, 3미터, 골인!"

하는 아나운서의 숨 막히는 소리가 들리고 군중의 우레와 같은 환호성이 들렸다.

비로소 1등을 한 마라토너는 이미 이 삼거리를 지난 지가 오래라는 걸 알 수 있었다. 이 삼거리에서 골인 지점까지는 몇 킬로미터나 되는지 자세히는 몰라도 상당한 거리다. 그런데도 아직까지 통행이 금지된 걸 보면 후속 주자들이 남은 모양이다. 꼴찌에 가까운 주자들이.

그러자 나는 그만 맥이 빠졌다. 나는 영광의 승리자의 얼굴을 보고 싶었던 것이지 비참한 꼴찌의 얼굴을 보고 싶었던 건 아니었다.

또 차들이 부르릉대며 들먹이기 시작했다. 차들도 기다리기가 지루해서 짜증을 내고 있었다. 다시 날카로운 호루라기 소리가 들리고 저만치서 푸른 유니폼을 입은 마라토너가 나타났다.

삼거리를 지켜보고 있던 여남은 명의 구경꾼조차 라디오방으로 몰려 우승자의 골인 광경, 세운 기록 등에 귀를 기울이느라 아무도 그에게 관심을 갖지 않았다. 나도 무감동하게 푸른 유니폼이 가까이 오는 것을 바라보면서 '저 사람은 몇 등쯤일까, 20등? 30등? 저 사람이 세운 기록도 누가 자세히 기록이나 해 줄까?' 대강 이런 생각을 했다. 그리고 그 20등, 아니면 30등의 선수가 조금쯤 우습고, 조금쯤 불쌍하다고 생각했다.

푸른 마라토너는 점점 더 나와 가까워졌다. 드디어 나는 그의 표정을 볼 수 있었다.

꼴찌 주자의 위대성

나는 그런 표정을 생전 처음 보는 것처럼 느꼈다. 여태껏 그렇게 정직하게 고통스러운 얼굴을, 그렇게 정직하게 고독한 얼굴을 본 적이 없다. 가슴이 뭉클하더니 심하게 두근거렸다. 그는 20등, 30등을 초월해서 위대해 보였다. 지금 모든 환호와 영광은 우승자에게 있고 그는 환호 없이 달릴 수 있기에 위대해 보였다.

나는 그를 위해 뭔가 하지 않으면 안 된다고 생각했다. 왜냐하면 내가 좀 전에 그 20등, 30등을 우습고 불쌍하다고 생각했던 것처럼 그도 자기의 20등, 30등을 우습고 불쌍하다고 생각하면서 엣다 모르겠다 하고 그 자리에 주저앉아 버리면 어쩌나, 그래서 내가 그걸 보게 되면 어쩌나 싶어서였다.

어떡하든 그가 그의 20등, 30등을 우습고 불쌍하다고 느끼지 말아야지. 느끼기만 하면 그는 당장 주저앉게 돼 있었다. 그는 지금 그가 괴롭고 고독하지만 위대하다는 걸 알아야 했다.

나는 용감하게 인도에서 차도로 뛰어내리며 그를 향해 열렬한 박수를 보내며 환성을 질렀다.

나는 그가 주저앉는 걸 보면 안 되었다. 나는 그가 주저앉는 걸 봄으로써 내가 주저앉고 말 듯한 어떤 미신적인 연대감마저 느끼며 실로 열렬하고도 우렁찬 환영을 했다.

내 고독한 환호에 딴 사람들도 합세를 해 주었다. 푸른 마라토너 뒤에도 또 그 뒤에도 주자는 잇따랐다. 꼴찌 주자까지를 그렇게 열렬하게 성원하고 나니 손바닥이 붉게 부풀어 올라 있었다. 그러나 뜻밖에 장소에서 환호하고픈 오랜 갈망을 마음껏 풀 수 있었던 내 몸은 날듯이 가벼웠다.

그 전까지만 해도 나는 마라톤이란 매력 없는 우직한 스포츠라고밖에 생각 안 했었다. 그러나 앞으론 그것을 좀 더 좋아하게 될 것 같다. 그것이 조금도 속임수가 용납 안 되는 정직한 운동이기 때문에. 또 끝까지 달려서 골인한 꼴찌 주자도 좋아하게 될 것 같다. 그 무서운 고통과 고독을 이긴 의지력 때문에.

나는 아직 그 무서운 고통과 고독의 참 맛을 알고 있지 못하다. 왜 그들이 그들의 체력으로 할 수 있는 하고 많은 일들 중에서 그 일을 택했을까 의아스럽기까지 하다.

그러나 그날 내가 20등, 30등에서 꼴찌 주자에게까지 보낸 열심스러운 박수갈채는 몇 년 전 박신자 선수한테 보낸 환호만큼이나 신나는 것이었고, 더 깊이 감동스러운 것이었고, 더 육친애적인 것이었고, 전혀 새로운 희열을 동반한 것이었다. ✍

'나(화자)'는 우연한 기회에 마라톤 경기에서 꼴찌로 달리고 있는 한 선수를 목격하게 됩니다. 그의 얼굴은 '정직하게 고통스럽고', '정직하게 고독' 했습니다.

'1등만을 알아주는 더러운 세상.'이라는 유행어가 한 동안 인기를 끌기도 했습니다만, 그야말로 이 시대는 1등만을 알아주고 1등에게만 갈채를 보내곤 합니다. 올림픽에서도 금메달을 따야 떠들썩하고 박수를 보내니, 은메달을 딴 선수는 참 잘했다고 칭찬받아 마땅한 시상식에서 아쉽고 슬프기 그지없는 표정으로 눈물을 훔치기도 하지요. 그러니 꼴찌를 알아주는 이는 더욱 있을 리 없겠지요.

하지만 삶이란 1등이건 30등이건 자신의 레이스를 끝까지 달려야만 하는 것. 고통과 고독을 이겨내며 혼자서 달려야만 하는 것. 환호도 영광도 없이 달려야만 하는 꼴찌의 표정에서 도리어 '나'는 1등 주자에게서는 볼 수 없는 위대함의 얼굴을 발견합니다.

마라톤 레이스에서 꼴찌로 들어오는 선수라고 상상해 보세요. '나'는 혼자 달리며 어떤 생각을 했을까요?

길은 아직도 멀지만, 다리는 후들후들 흔들리지만,
이 길은 내가 가야 할 길!

세상에서 가장
아름다운 손

복효근

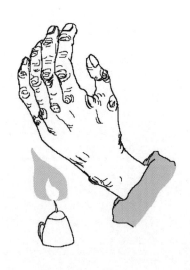

이다음에 어머니가 돌아가시면 오랜 육탈 후에 나는 어머니의 손가락뼈 하나를 가지고 싶었다. 퇴행성 관절염에 손가락 마디마디가 헝클어져 굳어 버린 어머니의 손가락……. 어릴 적 등이 가렵다고 하면 어머니는 내 등에 손을 넣어 쓰다듬어 주었다. 긁지 않고 쓰다듬어주었다. 손바닥은 짚으로 짠 가마니처럼 꺼끌꺼끌했다. 겨울이면 손끝이 갈라져 갈라진 틈에 들기름을 바르고 호롱불에 지졌던 기억이 생생하다. 민간요법으로 얼마나 효험이 있는지는 모르나 그렇게 손끝의 감각을 마비시켜 버린 모양이다. 어머니의 손톱은 밭일에 논일에 부엌일에 빨래에 들일에 산일에 우리 일에 남의 일에 흙일에 물일에 닳아서, 깎지 않아도 끝이 몽그라져 있다. 그 손톱은 곰발톱처럼 부풀어 굳어 있어서 어쩌다가 손톱을 한번 다듬을라치면 손톱깎이의 작은 아귀에 손톱 끝이 들어가지 않아 할머니가 쓰시던 무쇠 가위로 다듬었다.

가지가지 근심 속에서 끼니를 걱정해야 하는 가난한 농가에서 여덟을 낳아 여섯을 기른 손이다. 그 손에 관절염이 박혀서 손가락 마디가 삐뚤삐뚤 어긋나고 부어올라 좀처럼 아프단 말을 안 하던 당신도 그제서야 아프단다. 자식들 몰래 보건소에 다녔단다. 자식들 걱정할까 봐……. 뒤늦게 자식들이 한약 몇 제를 해 드렸다. 관절염 전문이라는 한약방 약을 몇 제 드시고 나았단다. 다 나았다는 그 손이 아직도 부어 있는데도 하나도 안 아프단다. 다 나았단다. 아직도 그 손으로 텃밭을 가꾸고 식혜를 고고 추어탕을 끓이고 김치를 담가 놓고 주말이면 자식을 부르신다.

언젠가 나 어렸을 적 어머니를 따라 산에 나무를 간 적이 있었다.

육탈 시체의 살이 썩어 뼈만 남음.

너덜너덜한 목장갑을 낀 어머니 손엔 낫이 들려져 있었는데 말라 죽은 가지를 거두어 안으며 그때 당신은 묻지도 않은 말을 했다.

"나는 이 낫으로 아직꺼정 어린 나무는 한 번도 찍어 보들 않았다. 다 어린 느그들 생각해서여."

어쩌면 그 말이 나를 시인으로 만들었을지도 모른다고 생각했다.

또 한번은 동네 애들끼리 남원 시내 구경 갔던 적이 있었다. 돌아오는 길에 마당재 너머 팍팍한 20리 길을 걸어오다가 누군가의 제안으로 수박밭에 가서 아주 어린 수박을 딴 적이 있었다. 그것이 동네에 알려진 모양이었다. 어머니의 손에 처음으로 회초리가 들려있었다. 그 회초리를 든 손이 나를 선생으로 만들었는지도 모른다.

갈수록 어머니는 주름투성이가 된다. 번데기가 되어가나 보다. 커만 보이던 어머니는 내 큰딸보다 작다. 언제 더 작아져 고치집 속으로 들어가 버릴지 모른다. 그러면 어머니는 정말 나비가 되어 날아가 버릴지도 모른다.

아이들 학교 숙제라고 둘러댔다. 어머니 그 손을 10분간만 빌리자고 했다. 곰 발바닥 같은 그 손에 오일을 바르고 석회를 반죽하여 거푸집을 떴다. 그 본에 다시 석회를 반죽하여 부어 넣고 굳은 다음 거푸집을 떼어 냈다. 서투른 솜씨에 손가락 부분이 잘려지긴 했으나 비틀빼뚤 손가락 마디가 그대로 찍힌 주름투성이 어머니의 손 모양이 완성되었다. 부러진 부분은 접착제로 붙일 것이다. 어머니는 별짓을 다한다고 궁시렁대신다.

내가 나비가 되어 날아갈 때까지 나는 관절염으로 뒤틀어진 어머니의 손을 가장 아름다운 손으로 기억할 것이다. 아직도 나에게는

고치집 견면. 비단과 무명을 아울러 이르는 말.
거푸집 만들려는 물건의 모양대로 속이 비어 있어 거기에 쇠붙이를 녹여 붓도록 되어 있는 틀.

먼 길이 남아있다. 당신이 내 곁에 없을 먼 훗날 나의 길이 힘들 때, 죄 짓고 싶을 때 나는 이 손을 볼 것이다. 세상에서 가장 아름다운 손을…….

아름답다는 것. 참 야릇합니다. 짚 가마니처럼 꺼끌꺼끌한 손, 밭일에 논일에 부엌일에 빨래에 들일에 산일에 우리 일에 남의 일에 흙일에 물일에 닳아서 깎지 않아도 끝이 몽그라져 있는 손. 손톱이 곰 발톱처럼 부풀고 굳어 있어 무쇠 가위로 다듬어야 하는 손, 그런 손이 '나(화자)'에겐 가장 아름다운 손입니다. 그것이 어머니의 손이기 때문이지요.

그 손은 따뜻한 손이고, 지혜로운 손이며, 넉넉한 손이고, 베푸는 손입니다. 먼 훗날 그 손이 없이 가야 할 길에도 '나'의 곁을 지켜 줄 등불 같은 손입니다. 그러니 참으로 '세상에서 가장 아름다운 손'일 수밖에 없습니다.

여러분에겐 어떤 손이 세상에서 가장 아름다운 손인가요? 함께 이야기해 봅시다.

내가 생각하는 아름다운 손 :

그 이유는 :

우주에서 바라다보라

강인선

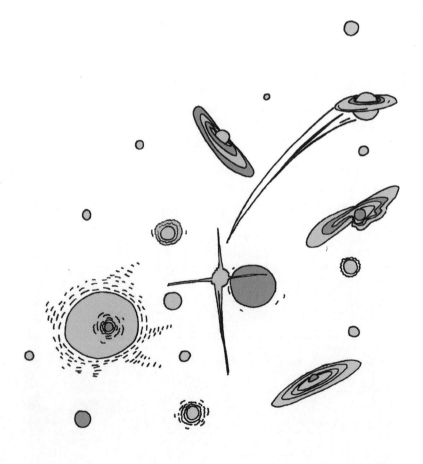

왜 유독 내게만 서러운 일이 많은 것인지, 하찮은 일에도 곧잘 눈물을 그렁그렁 떨어뜨렸다. 물론 아주 어렸을 때의 이야기다. 웬만해선 분이 잘 삭지 않아서 어린 나이에도 그렇게 사는 게 괴로웠다. 내 기억의 창고 가장 밑바닥을 들추면 지금도 가슴이 아련해지는 추억이 숨 쉬고 있다.

물리 선생님이었던 아버지는 『우주의 역사』라는 원색 도감을 펼쳐 놓고, 그날도 무엇 때문인지 작은 일에 서럽게 울고 있는 어린 딸을 우주 속으로 이끌었다.

"봐라, 봐. 이게 지구다. 우주에서 바라다본 지구."

예쁜 그림책을 보며 하늘나라 천사들의 꿈을 키울 나이에 태양계를 담은 우주의 모습은 충격 그 자체였으니! 눈물을 훔치며 뿌연 시선으로 우주를 내려다보자 두려움이 엄습했다. 흑점이 이글거리는 커다란 태양이 보이고, 캄캄한 우주 공간에 아홉 개의 행성이 태양을 중심으로 떠 있다. 그 세 번째 별이 바로 우리가 살고 있는 지구다. 행성 중 토성은 띠를 둘렀고 화성은 달이 두 개다. 해왕성, 명왕성…… 별들의 자전과 공전, 중력과 인력 등등, 아버지의 광활한 우주 이야기는 두렵고도 경이로웠다. 은하계, 안드로메다 성운, 수천 억 개의 별이 떠 있는 우주, 그리고 그 너머까지. 서러움은 어느새 잦아들었지만 대신 어지럼증이 일었다.

"우주의 나이로 보면 지금 우리가 사는 이 시대는 스치듯 지나가는 찰나에 불과한 거다. 먼지에 불과한 이 찰나를 살면서 사소한 일로 괴로워하는 것은 어리석은 거야."

아버지는 등을 토닥여 주면서 속 좁고 여린 딸을 위로했다.

"우주에서 바라다봐. 하찮고 하찮은 일에 괴로워 말고."

그 말을 듣는 순간, 아득해지면서 아버지의 이 한 마디가 딸의 가슴에 시리게 다가왔다. 그것은 영원히 잊지 못할 아주 특별하고도 생생한 경험이자 감동이었다. 우주. 그래, 우주에서 바라다보자.

우주에서 보면 지금의 이 괴로움은 순간이고 이 정도의 슬픔은 아무것도 아닌 거야.

읽을거리나 볼거리가 많지 않았던 시절에 『과학 대백과사전』이나 『원색 과학 도감』 같은 하드커버 양장본의 두툼한 컬러 전집 시리즈들을 한 장 한 장 넘길 수 있는 건 커다란 축복이었다. 본 그림을 또 보고, 깨알 같은 글들을 읽고 또 읽었다.

두려움과 호기심이 교차하는 서늘한 심정이었지만 책을 펼치면 우주로 한없이 빠져 들 수 있어서 좋았다. 우주 그 너머에는 무엇이 있는지 아무도 알 수 없다. 우주에 끝이 있기나 한 걸까? 그 끝이 진정한 끝이 아니라면? 그 우주는 어린 딸의 머릿속에서 거대한 상상의 파도를 타고 끝없이, 끝없이 펼쳐졌다.

삶이 버거울 때면 딸은 눈앞에 펼쳐진 우주에 떠서 지구를 바라다보는 은밀한 상상을 하게 된다. 우주, 저 높은 곳에서 내려다보기. 지구는 항상 그녀의 발아래서 작은 공처럼 빛나고 있다. 손바닥만 한 세상, 한 점으로도 느껴지지 않는 세상의 덧없음……. 상상 속의 캄캄한 우주 공간에서 지구를 내려다보며 평온한 유영을 한다.

"우주에서 바라다보라!" 아빠의 한마디는 성장기 내내 딸의 영혼을 돌보아 주었고, 인생의 고비마다 그녀를 보듬어 주는 위로의 메시지로 남아 있다. 🐚

인간의 삶에는 쉼 없이 비가 내리고 눈이 오고, 꽃이 피고 새가 울고, 봄이 오고 또 겨울이 갑니다. 우리는 늘상 어떤 일인가로 고민하고 부대끼며 힘겨워합니다. 즐거운 일도 행복한 일도 있지만, 서럽고 슬픈 일들도 종종 우리를 찾아오지요. 그럴 때, 이 글 속의 아버지처럼 되뇌어 보면 어떨까요.

"우주에서 바라다보렴."

우주에서 보면 지금의 이 괴로움은 순간이고 이 정도의 슬픔은 아무것도 아니니까요. 삶과 세상을 새로운 눈으로 바라보면, 거기에서 새로운 힘이 생겨나기도 합니다. 우리는 종종 잊고 있지만, 이 우주는 얼마나 신비롭고 놀라운 것인지요. 삶의 경이로움을 인식하는 순간, 우리 삶이 이 우주 안에서 함께 피어나고 있는 것임을 아는 순간, 삶의 소소한 슬픔들은 어느새 우주적 평온함 속으로 사라집니다.

그리고 그 새로 얻은 평화는 다시 우리를 이 지구에서 복닥복닥 살게 하는 힘이 되어 줄 것입니다.

여러분에게 삶의 위로와 힘이 되어 준 한 마디가 있었나요? 한번 떠올려 봅시다.

언제 어떤 상황에서 :

누가 :

이런 말을 해 주었다 :

그래서 나는 이런 마음이었다 :

그냥 내버려 둬
옥수수들이 다 알아서
일어나

함민복

비바람에 쓰러진 옥수수 대궁

귀뚜라미들은 온도에 따라 다른 속도로 날개를 비벼대며 소리를 낸다고 한다. 13초 동안에 우는 귀뚜라미 울음소리를 센 다음 그 수에 더하기 40을 하면 화씨온도가 된다는 글을 본 적이 있다. 귀뚜라미 울음소리가 제일 아름답게 들리는 온도가 몇 도씨라는 신문 기사를 본 적도 있는데 몇 도씨였는지는 기억나지 않는다. 밤 기온이 내려가 귀뚜라미 울음소리에 쓸쓸함이 제법 묻어난다.

텃밭에서 바스락 소리가 난다. 불빛을 비추자 옥수수를 갉아먹던 쥐가 눈치를 보며 천천히 도망간다. 아니 예의상 잠시 피해 주는 눈치다. 손전등을 껐다 켰다 하며 불빛을 쥐가 숨은 풀숲으로 던져 보다가 쥐가 미워져 흙덩어리를 집어던진다.

"쓰러진 옥수수 대궁, 그냥 내버려둬도 일어날까?"

주인집 아주머니가 주말에 와 텃밭을 가꾸며 심어놓은 옥수수 대궁들이 장마철 비바람에 일제히 쓰러졌다. 옥수수 대궁들을 줄로 잡아매며 강제로 일으켜 세우다 뿌리가 끊어져 그만두고 동네 친구 세 명에게 물어보았다. 두 명은 못 일어난다고 했고 한 명은 스스로 일어선다고 했다. 판단을 내릴 수 없어 할머니들에게 물어보았다.

"그냥 내버려 둬, 옥수수들이 다 알아서 일어나. 괜히 강제로 일으켜 세우면 옥수수 통 끝 알이 잘 여물지 않고 쭉정이가 돼. 주접이 든다구."

툭툭 털고 곧게 일어서는 자연

땅바닥에 쫙 깔렸던 옥수수 대궁이 삼사일 지나자 할머니들 말처럼 일어나기 시작했다. 옥수수들이, 지게꾼이 지게작대기로 땅을 짚고 일어서듯 덧뿌리를 뻗어 땅을 짚고 일어섰다. 쓰러지며 뿌리가 많이 끊어진 대궁은 비스듬히 일어섰고 그렇지 않은 대궁들은 아무 일도 없었다는 듯 자리를 툭툭 털고 곧게 일어섰다. 옥수수들이 대견스럽다 못해 생명에 대한 경외심마저 들었다. 해서 다가올 태풍에는 쓰러지지 않게 말뚝을 박고 줄을 띄워주었다.

옥수수들은 폭염 속에서도 등에 '수염이 난 아이들을 업고' 잘 자랐다. 그런 사연을 헤아릴 턱이 없는 쥐들이 쓰러지지 말라고 매 둔 줄을 타고 다니기까지 하면서 옥수수를 갉아 먹으니 미워할 수밖에 없다.

마당에서 옥수수 밭으로 드리워진 고욤나무 그림자가 엉성하다. 병을 앓고 있어 이파리가 많이 떨어졌기 때문이다. 몇 년 전부터 고욤나무는 이파리가 검게 타며 말라 떨어지는 병을 앓고 있다. 약을 사다가 뿌려 주기도 했지만 그리 신통한 효험을 보지 못했다.

그런데 놀라운 일들이 벌어졌다. 병든 잎새가 다 떨어져 열매만 가득 매달고 있던 고욤나무가 다시 한 번 새싹을 틔어 새 이파리들을 다는 거였다. 또 작년에는 봄부터 이파리를 빽빽하게 키워 고욤이 익을 때까지 잎 지는 시간을 잡아 늘이는 전략도 펴 보이는 거였다. 고욤나무는 그런 전략으로 약을 준 해보다 실한 열매들을 더 많이 매다는 거였다.

자연은 자연이 알아서 치유하게 그냥 그대로 두는 게 더 낫다는 말을 실감시켜준 고욤나무의 우툴두툴한 껍질을 만져 본다. 🐌

장대처럼 키가 큰 옥수수 녀석들을 아마 본 적이 있겠지요? 그 큰 녀석들이 장마철 비바람에 우르르 넘어져 누웠으니 '나(화자)'는 이 녀석들을 일으켜 세워 주려고 애써 보지요.

그런데 할머니들의 조언은 이렇습니다.

"그냥 내버려 둬 옥수수들이 다 알아서 일어나."

과연 어떨까 했는데, 어, 정말로, 옥수수들은 지게꾼이 지게 작대기로 땅을 짚고 일어서듯 스스로 일어섭니다. 그렇게 스스로 일어선 옥수수라야 속이 알찬 녀석이 된다니, 곰곰 생각할 거리를 던져 주는 일화입니다.

안쓰러운 마음에 먼저 도와주려 했다가는 오히려 스스로 더 멋진 존재가 될 기회를 빼앗게 되는 셈이 되었겠지요. 여러분도 지금, 스스로 일어서려는 중인가요? 실한 알알들을 여러분 안에 촘촘히 만들어 가면서 말입니다.

생각의 마중물

여러분이 '땅을 짚고 일어서는 옥수수'가 되었다고 상상하면서 '성장 일기'를 작성해 볼까요?

월   일   제목 : 바람에 쓰러지다!

월   일   제목 : 힘내자, 힘!

월   일   제목 : 땅을 짚고 일어서다!

그냥 내버려 둬 옥수수들이 다 알아서 일어나 함민복 **139**

실수

나희덕

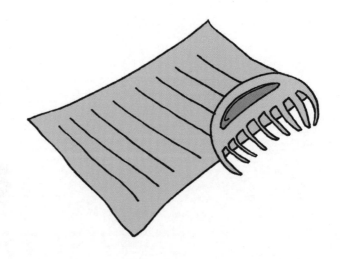

옛날 중국의 곽휘원이란 사람이 떨어져 살고 있는 아내에게 편지를 보냈는데, 그 편지를 받은 아내의 답시는 이러했다.

벽사창에 기대어 당신의 글월을 받으니
처음부터 끝까지 흰 종이뿐이옵니다.
아마도 당신께서 이몸을 그리워하심이
차라리 말 아니하려는 뜻임을 전하고자 하신 듯하여이다.

이 답시를 받고 어리둥절해진 곽휘원이 그제야 주위를 둘러보니, 아내에게 쓴 의례적인 문안 편지는 책상 위에 그대로 있는 게 아닌가. 아마도 그 옆에 있던 흰 종이를 편지인 줄 알고 잘못 넣어 보낸 것인 듯했다. 백지로 된 편지를 전해 받은 아내는 처음엔 무슨 영문인가 싶었지만, 꿈보다 해몽이 좋다고 자신에 대한 그리움이 말로 다할 수 없음에 대한 고백으로 그 여백을 읽어 내었다. 남편의 실수가 오히려 아내에게 깊고 그윽한 기쁨을 안겨준 것이다. 이렇게 실수는 때로 삶을 신선한 충격과 행복한 오해로 이끌곤 한다.

실수라면 나 역시 일가견이 있는 사람이다. 언젠가 비구니들이 사는 암자에서 하룻밤을 묵은 적이 있다. 다음날 아침 부스스해진 머리를 정돈하려고 하는데, 빗이 마땅히 눈에 띄지 않았다. 원래 여행할 때 빗이나 화장품을 찬찬히 챙겨 가지고 다니는 성격이 아닌 데다 그날은 아예 가방조차 가지고 있지 않았다. 그러던 중에 마침 노스님

벽사창 짙푸른 빛깔의 비단을 바른 창.
의례적 형식이나 격식만을 갖춘. 또는 그런 것.
일가견 세어떤 문제에 대하여 독자적인 경지나 체계를 이룬 견해.
비구니 출가하여 구족계를 받은 여자 승려.

한 분이 나오시기에 나는 아무 생각도 없이 이렇게 여쭈었다.

"스님, 빗 좀 빌릴 수 있을까요?"

스님은 갑자기 당황한 얼굴로 나를 바라보셨다. 그제서야 파르라니 깎은 스님의 머리가 유난히 빛을 내며 내 눈에 들어왔다. 나는 거기가 비구니들만 사는 곳이라는 사실을 깜박 잊고 엉뚱한 주문을 한 것이었다. 본의 아니게 노스님을 놀린 것처럼 되어버려서 어쩔 줄 모르고 서 있는 나에게, 스님은 웃으시면서 저쪽 구석에 가방이 하나 있을 텐데 그 속에 빗이 있을지 모른다고 하셨다.

방 한구석에 놓인 체크무늬 여행 가방을 찾아 막 열려고 하다 보니 그 가방 위에는 먼지가 소복하게 쌓여 있었다. 적어도 5, 6년은 손을 대지 않은 것처럼 보이는 그 가방은 아마도 누군가 산으로 들어오면서 챙겨들고 온 세속의 짐이었음에 틀림없었다. 가방 속에는 과연 허름한 옷가지들과 빗이 한개 들어 있었다.

나는 그 빗으로 머리를 빗으면서 자꾸만 웃음이 나오는 걸 참을 수가 없었다. 절에서 빗을 찾은 나의 엉뚱함도 우물가에서 숭늉 찾는 격이려니와, 빗이라는 말 한 마디에 그토록 당황하고 어리둥절하던 노스님의 표정이 자꾸 생각나서였다. 그러나 그 순간 나는 보았다. 시간을 거슬러 올라가 검은 머리칼이 있던, 빗을 썼던 그 까마득한 시절을 더듬고 있는 그분의 눈빛을. 20년 또는 30년, 마치 물길을 거슬러 올라가는 연어 떼처럼 참으로 오랜 시간이 그 눈빛 위로 스쳐지나가는 듯했다. 그 순식간에 이루어진 회상의 끄트머리에는 그리움인지 무상함인지 모를 묘한 미소가 '반짝' 하고 빛났다. 나의 실수 한마

세속 세상의 일반적인 풍속.
회상 지난 일을 돌이켜 생각함. 또는 그런 생각.
무상하다 모든 것이 덧없다.

디가 산사의 생활에 익숙해져 있던 그분의 잠든 시간을 흔들어 깨운 셈이니, 그걸로 작은 보시는 한 셈이라고 오히려 스스로를 위로해 보기까지 했다.

이처럼 악의가 섞이지 않은 실수는 봐줄 만한 구석이 있다. 그래서인지 내가 번번이 저지르는 실수는 나를 곤경에 빠뜨리거나 어떤 관계를 불화로 이끌기보다는 의외의 수확이나 즐거움을 가져다줄 때가 많았다. 겉으로는 비교적 차분하고 꼼꼼해 보이는 인상이어서 나에게 긴장을 하던 상대방도 이내 나의 모자란 구석을 발견하고는 긴장을 푸는 때가 많았다. 또 실수로 인해 웃음을 터뜨리다보면 어색한 분위기가 가시고 초면에 쉽게 마음을 트게 되기도 했다. 그렇다고 이런 효과 때문에 상습적으로 실수를 반복하는 것은 아니지만, 한번 어디에 정신을 집중하면 나머지 일에 대해서 거의 백지상태가 되는 버릇은 쉽사리 고쳐지지 않는다. 특히 풀리지 않는 글을 붙잡고 있거나 어떤 생각거리에 매달려 있는 동안 내가 생활에서 저지르는 사소한 실수들은 내 스스로도 어처구니가 없을 지경이다.

그러면 실수의 '어처구니없음'은 어디서 오는 것일까. 원래 어처구니란 엄청나게 큰 사람이나 큰 물건을 가리키는 뜻에서 비롯되었는데, 그것이 부정어와 함께 굳어지면서 '어이없다'는 뜻으로 쓰이게 되었다. 크다는 뜻 자체는 약화되고 그것이 크든 작든 우리가 가지고 있는 상상이나 상식을 벗어난 경우를 지칭하게 된 것이다. 그러니 상상에 빠지기 좋아하고 상식으로부터 자유로워지려는 사람에게 어처구니없는 실수가 그림자처럼 따라다니는 것은 아주 자연스러운 일이다.

보시 베풀어 은혜에 보답함.
백지상태 종이에 아무것도 쓰지 않은 상태.

결국 실수는 삶과 정신의 여백에 해당한다. 그 여백마저 없다면 이 각박한 세상에서 어떻게 숨을 돌리며 살 수 있겠는가. 그리고 발 빠르게 돌아가는 세상에 어떻게 휩쓸려가지 않고 남아 있을 수 있겠는가. 어쩌면 사람을 키우는 것은 능력이 아니라 실수의 힘일지도 모른다.

그러나 날이 갈수록 실수가 용납되는 땅은 점점 좁아지고 있다. 사소한 실수조차 짜증과 비난의 대상이 되기가 십상이다. 남의 실수를 웃으면서 눈감아주거나 그 실수가 나오는 내면의 풍경을 헤아려주는 사람을 만나기도 어려워져간다. 나 역시 스스로는 수많은 실수를 저지르고 살면서도 다른 사람의 실수에 대해서는 조급하게 굴거나 너그럽게 받아주지 못한 때가 적지 않았던 것 같다.

도대체 정신을 어디에 두고 사느냐는 말을 들을 때면 그 말에 무안해져 눈물이 핑 돌기도 하지만, 내 속의 어처구니는 머리를 디밀고 이렇게 소리치는 것이다. 정신과 마음은 내려놓고 살아야 한다고. 어디로 가는 줄도 모르고 뛰어가는 자신을 하루에도 몇 번씩 세워 두고 '우두커니' 있는 시간, 그 '우두커니' 속에 사는 '어처구니'를 많이 만들어내면서 살아야 한다고. 바로 그 실수가 곽휘원의 아내로 하여금 백지의 편지를 꽉 찬 그리움으로 읽어내도록 했으며, 산사의 노스님으로 하여금 기억의 어둠 속에서 빗 하나를 건져내도록 해주었다고 말이다. 🦪

실수는 있어서는 안 될 것, 잘못된 것이라고 사람들은 보통 생각하지요. 글쓴이는 그런 생각을 비틀어 새롭게 바라봅니다. 실수가 삶과 정신의 여백이고, 일상의 바쁜 발걸음을 잠시 멈추게 하는 유쾌한 틈새가 될 수 있다는 것이지요. 그런 면에서 사람을 키우는 것은 능력이 아니라 실수의 힘이라고 말하니, 실수투성이라고 스스로를 면박주던 이들에게는 그 자체가 큰 위로가 되지 않을까 싶습니다.

잠든 시간을 깨우며 새로운 상상을 열어주는 이 고마운 실수를, 즐거운 마음으로 기다려 봅니다. '아이쿠, 실수네, 잠깐 쉬어갈 시간인가!' 하고 말이지요.

🍲 생각의 마중물

내 삶의 유쾌한 틈새가 되었던 실수가 있었는지 떠올려 봅시다. 내가 한 실수도 좋고, 다른 사람이 한 실수도 좋습니다.

언제 :

누구의 어떤 실수였나요 :

어떤 느낌이 들었나요 :

열보다 큰 아홉

이문구

오늘은 아홉과 열이라는 수가 지니고 있는 뜻에 대해서 생각해 보기로 합시다.

잘 아시다시피 열은 십·백·천·만·억 등이 십진급수에서 제일 먼저 꽉 찬 수입니다. 그러므로 이 열에 얼마를 더 보태거나 빼거나 한다면 그것은 이미 열이 아닌 다른 수가 됩니다. 무엇을 하기에 그 이상 좋을 수가 없이 알맞은 경우에 '십상 좋다.'고 말하는 십상도, 열 십(十)자와 이룰 성(成)자에서 나온 말입니다. 그만큼 열이란 수는 이미 이룰 것을 이룩한 완전한 수이며, 성공을 한 수인 것입니다.

그러면 아홉이란 수는 어떤 수입니까? 두말할 필요도 없이 열보다 하나가 모자라는 수입니다. 다시 말하면, 완전에 거의 다다른 수, 거기에 하나만 보태면 완전에 이르게 되는 수, 그래서 매우 아쉬움을 느끼게 하는 수인 것입니다.

그러면 아홉은 정녕 열보다 적거나 작은 수일까요? 그렇지 않습니다. 예를 들어 보겠습니다.

끝없이 높고 너른 하늘을 십만 리 장천이라고 하지 않고 구만 리 장천이라고 합니다. 젊은이더러 앞이 구만 리 같은 사람이라고 하는 말과 같은 뜻이지요. 통과해야 할 문이 몇이나 되는지 모르는 왕실을 구중궁궐이라고 하고, 죽을 고비를 수도 없이 넘기고 살아난 것을 구사일생이라고, 끝 간 데가 어디인지 모르는 땅속이나 저승을 구천이라고 표현하고 있습니다. 문화재로 남아 있는 탑들을 보면, 구층 탑은 부지기수로 많아도, 십층 탑은 아직 보지 못하였습니다.

동양에서는, 그중에서도 특히 우리나라에서는, 오랜 옛날부터 열보

십진급수 십진법으로 얻은 여러 가지의 단위에 붙는 이름. 십, 백, 천, 만, 억, 또는 할, 푼, 리, 모 따위.
부지기수 헤아릴 수가 없을 만큼 많음.

다 아홉을 더 사랑했습니다. 얼마나 사랑했으면 아홉 구 자가 두 번든 음력 구월 구일을 중양절이니, 중굿날이니 하는 이름으로 부르면서, 천 년이 넘도록 큰 명절로 정하고 쇠어 왔겠습니까.

우리의 조상들이 열보다 아홉을 더 사랑한 것은 무슨 까닭이었을까요? 간단히 말해서 모든 일에 완벽함을 기대하지 않았다는 뜻이 아니었을까요? 다시 말하면, 이 세상에 완전한 것은 없다는 사실을, 우리의 선조들은 아주 오랜 옛날부터 익히 알고 있었다는 것입니다.

우리가 흔히 듣는 말에 "모든 기록은 깨어지기 위해서 있다."라는 말이 있습니다. 이 말이 맞지 않는 말이라면, 여러분이 아시다시피 세계 제일의 기록만을 수록하는 기네스북도 해마다 다시 찍어 내야 할 이유가 없겠지요. 모든 기록이 반드시 깨어지기 마련인 것은, 그 기록을 이룩한 것이 인간이기 때문이라고 생각합니다. 인간은 저마다 무한한 가능성을 타고난 사실과 아울러서, 이 세상에 완전한 인간은 결코 어디에도 있을 수가 없다는 사실 또한 그 스스로가 증명해 주는 존재이기도 합니다.

열이란 수가 넘치지도 않고 모자라지도 않고, 또 조금도 여유가 없는 꽉 찬 수, 그래서 다음도 없고 다음다음도 없이 아주 끝나 버린 수라는 점에서, 아홉은 열보다 많고, 열보다 크고, 열보다 높고, 열보다 깊고, 열보다 넓고, 열보다 멀고, 열보다 긴 수였으며, 그리하여 다음, 또 그 다음, 그도 아니면 그 다음다음을 바라볼 수 있는, 미래의 꿈과 그 가능성의 수였기에, 슬기롭고 끈기 있는 우리의 선조들에게 일찍부터 열보다 열 배도 넘는 사랑을 담뿍 받아 왔던 것입니다.

열이란 수가 어느 하나 부족한 것 없이 모든 것을 이룬 어른과 같

중양절 세시 명절의 하나로 음력 9월 9일을 이르는 말.

다면, 아홉은 앞으로 무엇이든 될 수 있는 청소년과도 같은 수인 셈입니다. 여러분은 지금 한창 자라고, 한창 배우고, 한창 놀아야 할 중학생입니다. 여러분은 지금 무엇 한 가지도 완벽할 수가 없으며, 항상 어딘가가 부족하고 어설픈 것이 오히려 정상적인 학생입니다. 행여 무엇이 남들보다 모자란 것이 아닌가 싶어서 스스로 괴로워하고 외로워하고 서글퍼해 온 학생이 있다면, 어떨까요, 이제부터라도 열이란 수보다 아홉이란 수를 더 사랑해 보는 것은. ✎

열보다 많고, 열보다 크고, 열보다 높고, 열보다 깊고, 열보다 넓고, 열보다 멀고, 열보다 긴 수 아홉. 그리하여 다음, 또 그 다음, 그도 아니면 그 다음다음을 바라볼 수 있는, 미래의 꿈과 그 가능성의 수 아홉.

여러분은 그렇게 덜 차 있어서 아름답고, 어딘가 부족하고 어설퍼서 더 높이 날아오를 가능성이 많은 '아홉'이란 수를 닮아 있네요.

"아, 부러워라. 여러분의 덜 참!"

생각의 마중물

부족해서 더 나은 것, 어떤 것이 있을까요? 어떤 면에서 그럴까요? 한번 이야기해 봅시다.

아무나 가져가도 좋소

박원순

"천 칸이나 되는 큰 집이라도 잠을 자는 자리는 여덟 자뿐이고, 좋은 밭이 만 이랑이나 되어도 하루에 먹는 것은 곡식 두 되뿐이다."

'명심보감'에 적힌 구절이다. 지극히 당연하고 지극히 옳은 말씀이다. 너무 당연해서 오히려 평범한 진리를 굳이 '명심보감'에 남긴 까닭이 무엇일까 싶다.

천 칸이나 되는 큰 집을 소유한 사람들이나 만 이랑이나 되는 좋은 밭을 가진 사람들은 동서고금을 막론하고 있어 왔다. 그런데 정작 그 가운데에서 자신이 활용할 수 있는 범위가 잠자는 자리 여덟 자와 얼마간의 곡식뿐이라면 나머지 재산이 무슨 의미를 가지겠는가?

그저 '가졌다'는 만족감에 그칠 것이라면 너무 허무한 즐거움이 아닐까? 대신, 소유한 재산을 없는 사람들과 나누는 기쁨을 누리라는 권유가 저 구절 속에 숨어 있는 건 아닐까? 나 나름대로의 해석이기는 하지만 '명심보감'은 가졌다면 혼자 쓰지 말고 다른 이들과 함께 나누는 게 어떤가 하고 넌지시 권하는 느낌이다.

그런데 서양, 특히 프랑스 귀족들에게는 나눔이 좀 더 적극적인 강제 사항이었나 보다. '노블레스 오블리주', 가진 자의 책임 혹은 의무쯤으로 해석되는 말이다. 곧 가진 만큼 나누는 것이 당연하니, 의무적으로 행하라는 말이다. 그것을 실천하지 않는 가진 자는 참다운 귀족 대열에 낄 자격이 없다는 뜻이기도 할 것이다.

불과 몇 년 전만 해도 낯설던 이 말이 어느덧 우리 귀에도 많이 익었다. 그만큼 우리 사회에서도 나눔의 미덕이 강조되어 간다는 의미이다.

처음 그 말을 들은 사람들 가운데에는 은근히 그들의 품위 있는

명심보감 조선 시대에, 어린이들의 인격 수양을 위한 한문 교양서.
동서고금 동양과 서양, 옛날과 지금을 통틀어 이르는 말.

귀족 문화에 질투를 느낀 사람들도 없지 않았다고 한다. 하지만 알고 보면 무작정 질투만 할 까닭이 없다. 우리에게도 가진 자의 의무를 아름답게 실천한 전통 명문가가 얼마든지 있었기 때문이다. 다만 우리가 미처 몰랐거나 잊었을 뿐이다.

가진 자의 의무를 성실하게 이행한 조선 시대 양반 가문으로는 전남 구례의 운조루를 근간으로 하는 류씨 집안을 빼놓을 수 없다. 운조루는 조선 영조 52년(1776년)에 삼수 부사를 지낸 류이주가 세운 집이다. 나라님 궁궐 다음으로 호화로운 저택이었다는 아흔아홉 칸 집인데 집주인의 재력과 권력을 가늠해 볼 수 있는 근거라 하겠다.

지금은 많이 쇠락한 모습이지만 아직도 처음 그대로 빛을 발하는 물건이 하나 있으니 사랑채와 안채의 중간 지점에 있는 곳간의 쌀독이 그것이다. 둥근 통나무의 속을 파내어 만든 커다란 쌀독이다. 가족용으로 보기에는 너무 큰 그 쌀독의 비밀은 밑부분에 있는 조그만 구멍과 그 구멍 마개에 새겨진 글자에 숨어 있다.

'타인능해(他人能解)', 이는 곧 '다른 사람도 능히 구멍을 열 수 있노라.'라는 뜻이다. 그러니까 그 쌀독은 어느 누구를 막론하고 필요하면 와서 쌀을 퍼 가라는 주인의 배려에서 만들어진 것이다. 덕분에 주변의 가난한 사람들과 지리산 일대의 과객들이 자기 집 드나들 듯이 편안한 마음으로 쌀을 가져 갈 수 있었다고 한다.

집주인은 그 쌀독을 만들면서 없는 사람들의 자존심까지 챙긴 듯하다. 주인이 직접 퍼 주는 쌀을 받아 간다면 어쩔 수 없이 구걸하는 심정을 느끼게 될 테니 대면하지 않고 자존심을 지키면서 굶주림을 면할 수 있도록 세심하게 마음을 쓴 것이다.

과객 지나가는 나그네.

그 쌀독에는 보통 쌀 두 가마 반이 들어간다고 한다. 구멍 마개를 옆으로 돌리면 쌀이 나오는데 보통 한 사람이 한두 되를 가져갔다. 주인이 보지 않는다고 몽땅 가져가는 이는 없었다. 아무리 내 배가 고파도 더 고픈 이들을 위하는 마음이 살아 있었으니 주는 사람이나 받는 사람 모두가 진정으로 나누는 마음을 간직하고 있던 셈이다.

쌀독을 두고 한번은 이런 일화가 있었다고 한다. 사헌부 감찰과 상주 목사를 지낸 류씨 집안의 후손인 류억이 어느 날 쌀독을 살펴보았는데, 쌀이 예상보다 많이 남아 있는 것을 확인하고는 며느리를 불러 호통을 쳤단다.

"어찌하여 이렇게 많은 쌀이 남아 있단 말이냐? 덕을 베풀던 우리 집안이 인색해졌다는 증거 아니냐? 당장 이 쌀을 사람들에게 나눠 주어라. 그리고 이제부터는 매달 그믐이 되면 쌀독의 쌀이 다 비워지도록 하여라!"

운조루에 남아 있는 굴뚝에도 가진 자의 겸손한 태도가 살아 있다. 이 집 굴뚝은 유난히 낮아서 1미터도 채 되지 않는다. 건축 공학적으로는 굴뚝이 높아야 연기가 술술 잘 빠지는 게 당연한데도 낮게 설치한 이유는 뭘까? 그것은 바로 부잣집에서 밥하는 연기가 하늘 높이 올라가는 모습이 보이지 않게 하려는 배려 때문이었다. 가뜩이나 먹을 게 없어서 주린 배를 움켜잡는 서민들이 부잣집에서 올라가는 굴뚝 연기를 보면 자연히 시샘하거나 분노하게 마련이다. 운조루의 낮은 굴뚝은 모두가 공평하게 가지지 못할 때 혼자만 지나치게 많이 소유하는 것도 부끄럽고 죄스러운 것이라는 선비의 철학이 녹아든 상징이라 하겠다.

시샘 자기보다 잘되거나 나은 사람을 공연히 미워하고 싫어함.

이처럼 운조루는 가진 자가 더 삼가야 하는 처신을 분명하게 밝히면서 겸손하게 나누는 삶, 곧 '타인능해'의 정신을 대대로 실천하는 표상이 되었다.

이렇듯 우리에게도 지나치게 많이 가지는 것을 경계하고, 모두가 힘들 때에는 몸과 마음을 더욱 낮추어 고통을 함께 나눌 줄 아는 멋진 명문가가 있었다. 요즘 표현을 빌리자면, '이미지 관리'의 차원이 아니라 진정한 나눔의 철학, 그리고 높은 도덕성을 갖춘 진정한 품위가 어떤 것인지를 몸소 보여 준 모습들이다. 🪷

소곤소곤

'타인능해', 다른 사람도 능히 열 수 있다, 다시 말해 '아무나 가져
가도 좋다.'는 글귀가 쓰인 쌀독이라니, 혼자서만 지나치게 많이 가지
게 됨을 경계하고 겸손하게 가진 것을 다른 이들과 나누려는 이런 마
음이 오늘날의 눈으로 보면 더욱 놀랍게 여겨집니다.

여러분은 어떤가요. 자신이 가진 것을 기꺼이 다른 이들과 나누려
는 마음을 가지고 있나요?

생각의 마중물

오늘날 이런 나눔의 미덕을 실천하고 있는 이들이 있다면 어떤 사람들일까요? 그
런 사람들을 보면 어떤 생각이 드나요?

제주의 빛 김만덕

김인숙

앞 줄거리

　제주에서 태어난 만덕은 돌림병으로 부모를 잃고 기생의 수양딸이 되어 기생으로 살았다. 그러다가 제주 목사를 만나 자신이 원래 양인이었다고 말하며 기적에서 빼 달라고 간청한다. 허락을 받은 만덕은 객주를 차리고 10여 년이 흐른 뒤 제주의 큰 상인이 된다. 그런데 정조 16년(1792년) 겨울부터 제주에 태풍, 가뭄 같은 자연재해가 닥쳐 흉년이 들어 수많은 사람이 죽는다.

　제주 목사 심낙수는 조정에 굶주리는 제주 백성을 구호하는 데 필요한 곡식을 보내 달라는 장계를 올렸다. 만약 곡식 2만여 석을 보내지 않으면 제주 사람들은 모두 죽게 될 것이라는 비장한 내용이었다. 조정에서는 장계를 놓고 논의에 들어갔다. 제주 목사가 요청한 곡식 2만여 석은 전례가 없는 양이었다. 계사년 재난 때 쌀 1만 석을 보낸

양인 조선 시대에, 양반과 천민의 중간 신분으로 천역에 종사하지 아니하던 백성.
기적 예전에, 기생으로 등록되어 있던 소속. 또는 기생들을 등록해 놓은 대장.
객주 조선 시대에, 다른 지역에서 온 상인들의 거처를 제공하며 물건을 맡아 팔거나 흥정을 붙여 주는 일을 하던 상인. 또는 그런 집.
구호 재해나 재난 따위로 어려움에 처한 사람을 도와 보호함.
장계 왕명을 받고 지방에 나가 있는 신하가 자기 관하의 중요한 일을 왕에게 보고하던 일. 또는 그런 문서.

것에 견주어도 턱없이 많았다. 대신들은 이번에도 계사년에 걸맞은 양을 보내야 한다는 의견이었다. 조금 더하고 덜한 차이일 뿐 풍족하게 못 먹기는 어디나 마찬가지라는 이유였다.

영중추부사 이병모는 쌀과 보리, 조를 합하여 1만 석을 전라 감사에게 시켜 보내되, 10월까지 5천 석을 보내고 나머지는 다음 해 봄에 보내자고 말했다. 정조는 여러 의견을 들은 뒤 명령을 내렸다.

"제주 목사의 장계를 보니 제주 백성의 참혹한 재난이 불쌍하다. 수많은 백성이 오로지 구호 곡식에 매달려 있다. 그야말로 얻으면 살고 얻지 못하면 죽는다는 말이 절실하다. 뭍의 백성들은 다른 곳으로 옮겨 사는 길도 있지만 제주 백성은 그 길마저 없으니 무엇으로 살겠는가? 섬과 뭍의 형편을 같이 놓고 볼 수는 없다. 그러니 제주 백성을 구하는 게 무엇보다 급하다. 비록 2만 석을 보내 준 전례가 없다 하더라도 절반으로 줄이는 것은 차마 못 할 일이다. 제주 백성들이 목이 타도록 기다리고 있는 처지를 생각하면 마음이 편치 않다. 영중추부사가 말한 대로 전라 감사에게 일러 가을에 먼저 곡식을 보내고, 나머지는 내년 봄에 마저 보내도록 하라."

정조는 또한 전라 감사에게 향과 제문을 내려보내어 해신제를 지내도록 명령하였다. 전라 감사는 전라도 마을에서 구호 곡식을 마련하여 새로 부임하는 이우현 목사 편에 제주로 보냈다. 구호 곡식의 도착이 늦지 않아 사람들은 간신히 죽을 고비를 넘겼다. 갑인년 흉년이 숨 가쁘게 지나가는 순간이었다.

연중추부사 조선시대 중추부의 으뜸 벼슬인 영사로 정일품이다. 중추부는 현직이 없는 관리들을 대우하는 곳. 일정한 사무나 실권은 없었다.
감사 관찰사. 조선 시대에 둔, 각 도의 으뜸 벼슬.

그러나 나머지 구호 곡식이 오기로 된 이듬해(1795년) 윤 2월, 제주에는 또다시 청천벽력 같은 소식이 날아들었다. 구호 곡식을 싣고 오던 배 다섯 척이 풍랑에 휩쓸려 바다 밑으로 가라앉았다는 것이었다.

옛날에 제주를 삼재의 섬이라 일컫는 말이 있었다.

"산이 높고 골짜기가 깊으니 수재요, 돌이 많고 토질이 박하니 한재요, 사면이 큰 바다이니 풍재라."

비가 오면 비 오는 대로, 가물면 가무는 대로, 바람이 불면 부는 대로 고통을 겪는 제주를 두고 한 말이었다. 어쨌든 제주는 유난히 흉년이 잦은 곳이긴 했지만 이렇게 연이어서 재난이 몰려드는 일은 드물었다. 당장 넘어야 할 보릿고개 앞에서 사람들은 죽을 날만 기다렸다. 4년간 내리 흉년이 들었으니 제주에 먹을 것이 남아 있을 리 없었다. 목사 이우현은 이러한 사실을 적어 장계를 올렸다.

목사의 장계를 받은 정조는 깜짝 놀랐다.

"제주에는 다시 일만 일천 석의 곡물을 보내야 백성들이 굶주림에서 벗어날 수 있을 텐데 수송선이 침몰하였다니 참으로 어이가 없다."

나라에서 내린 구호 곡식을 받는 일도 제주에선 하늘의 뜻에 달린 일이었다. 사람들은 살가죽이 누렇게 부어올랐고, 마침내 죽어 갔다. 제주를 뒤덮은 죽음의 그림자는 깊고 참혹했다.

간신히 목숨을 이어 온 사람들은 실낱같은 희망으로 구호 곡식을 기다렸다. 하지만 구호 곡식이 다시 온다는 소식은 없고, 차마 눈 뜨

수재 장마나 홍수로 인한 재난.
한재 가뭄으로 인하여 생기는 재앙.
보릿고개 햇보리가 나올 때까지의 넘기 힘든 고개라는 뜻으로, 묵은 곡식은 거의 떨어지고 보리는 아직 여물지 아니하여 농촌의 식량 사정이 가장 어려운 때를 비유적으로 이르는 말.

고 보지 못할 일들이 계속해서 일어났다.

"어르신, 객주 앞에 쓰러져 죽은 사람이 또 있습니다."

"조금만 참고 견딜 일이지 저승길이 무어 그리 급하다고 서둘러 간단 말이냐. 불쌍한 사람이다. 잘 묻어 주어라."

만덕의 객주에는 소문을 듣고 먼 곳에서 찾아오는 사람들이 많아졌다. 곡기가 조금이라도 들어간 죽을 얻어먹기 위해서였다. 그런데 만덕의 객주 앞까지 와서 쓰러져 죽는 사람도 있었다. 먼 길을 오느라 기력이 다한 탓이었다. 만덕은 안타까웠다.

"사람의 목숨이 하늘에 달렸다고 하지만 하는 데까지 해 봐야 하지 않겠느냐? 솥을 하나 더 내어 걸어라."

애월과 조천댁이 밤낮으로 죽을 끓였지만 몰려드는 사람들을 당해 내기 힘들었다. 만덕도 팔을 걷고 죽 솥 앞에 붙어 섰다. 바가지도 가지고 오지 못하는 사람들에겐 그릇을 내어 죽을 담아 주었다. 어른 아이 할 것 없이 죽 한 그릇을 바라고 이어지는 행렬은 밤낮을 가리지 않았다.

"어르신, 어르신. 또 큰일이 났습니다. 어린애가 쓰러져 있는데 아직 숨은 붙어 있다 합니다."

잠깐 눈을 붙이려고 누웠던 만덕은 애월의 소리에 벌떡 일어났다.

"어르신, 어찌할까요? 곧 숨이 넘어가게 생겼답니다."

"어서 이리로 데려오라 해라. 애월이는 따뜻한 물이랑 죽을 좀 챙겨 오고."

고 서방이 안고 들어온 아이는 초점 없는 눈만 멀뚱했다.

목조차 가누지 못했고, 얼굴은 누렇게 부어 있었다. 아랫목에 눕

곡기 곡식으로 만든 적은 분량의 음식.

히자 아이는 스르르 눈을 감았다. 따스한 기운에 배고픔도 잊은 듯했다.

"어르신, 죽을 가져왔습니다."

만덕은 아이를 안아 무릎에 눕히고 숟가락을 들었다.

"애야, 눈을 떠 보아라. 눈을 뜨고 따뜻한 국물을 좀 먹어 보아라."

아이는 힘겹게 눈꺼풀을 밀어 올렸다. 숟가락을 보는 눈에 번쩍 생기가 도는가 싶더니 이내 눈을 감았다. 만덕은 아이가 살아날 수 없다는 것을 알았다. 너무 늦었다. 그걸 알면서도 만덕은 아이의 입에 국물을 떠 넣었다. 국물이 그대로 흘러내렸다.

"먹고 기운을 차려야지, 애야. 눈을 뜨고 한 모금이라도 삼켜 보려무나."

만덕이 조근조근 아이를 달랬다.

"어서 일어나서 어머니도 보고 아버지도 보고……. 그렇게 살아야 하지 않겠니?"

아이가 입술을 움찔했지만 여전히 눈을 뜨지는 못했다.

"그래, 그럼 먼저 한숨 자고 일어나서 먹으려무나. 죽은 여기 잘 놔둘 테니 아무 걱정 하지 말고 편히 자려무나."

만덕은 아이를 품에 안고 다독였다.

자랑 자랑 왕이 자랑	자장자장 왕아 자장
저레 가는 검둥개야	저리 가는 검둥개야
이레 오는 검둥개야	이리 오는 검둥개야
우리 애기 재와 도라	우리 아기 재워 다오
느네 애기 재와 주마	너희 아기 재워 주마
아니 아니 재와 주민	아니 아니 재워 주면

질긴 질긴 총-배로	질기디질긴 밧줄로
손모가리 발모가리	손목이랑 발목이랑
걸려 매곡 걸려 매영	꽁꽁 묶고 또 묶어서
짚은 짚은 천지소에	깊고 깊은 웅덩이에
뱉 난 날은 드리치곡	볕 난 날엔 빠뜨리고
비 온 날은 내치키여	비 온 날엔 내놓을 거야

아이는 만덕의 품에서 마지막 숨을 거두었다. 만덕은 넋을 놓은 채 아이를 안고 있었다. 아이의 팔이 만덕의 무릎 아래로 툭 떨어졌다. 뼈마디만 앙상한 손이었다. 굶주림의 고통에서 벗어났지만 아이의 몸은 이제 싸늘하게 식어 갈 것이었다.

"아이구, 어르신. 이제 그만 아이를……."

고 서방이 만덕 앞으로 비척비척 다가섰다.

"고 서방, 이 아이를 볕 바른 곳에 묻어 주게. 그리고 애월아, 너는 고 서방에게 따뜻한 밥 한 그릇 담아 주어라. 아이를 묻을 때 같이 넣어 주도록……."

만덕의 목소리는 깊이 가라앉아 있었다. 고 서방은 벌게진 눈시울을 실룩이며 아이를 안고 나갔다. 주섬주섬 그릇을 챙겨 나가는 애월의 눈가도 젖었다.

만덕은 앉아서 밤을 지새웠다. 여태 살아오며 어려운 이웃을 보고 나 몰라라 하지 않았다. 그리고 양인으로 돌아가면 어려운 이웃을 돕고 살겠다고 했던 약속은 이미 지키고도 남았다. 만덕은 할 만큼 다했다고 생각했다. 그런데 물 한 모금 넘기지 못하고 죽어 가던 아이가 자꾸 떠올랐다. 무덤 속에 따뜻한 밥을 넣어 준들 굶어 죽은 그 아이는 다시 살아나지 못할 것이다. 가난 구제는 나라도 못한다고,

할 만큼은 다했다고 생각했지만 만덕은 죽어 가던 아이의 모습을 떨쳐 버릴 수가 없었다. 아이의 모습 뒤로 처참하게 굶어 죽어 가는 숱한 목숨들이 겹쳐졌다. 눈 뜨고 볼 수 없는 모습들, 그건 만덕의 모습이기도 했다. 죽어 가는 목숨을 놓고 더 이상 망설일 일이 아니었다. 만덕은 궤를 열었다. 그리고 평생 모아 온 돈을 모두 꺼냈다. 들메를 뭍으로 보내 곡식을 들여올 생각이었다. 서둘러야 했다.

"어르신, 그럼 다녀오겠습니다."

"자네만 믿네. 조심해서 잘 다녀오게."

만덕은 포구에서 멀어지는 배를 바라보았다. 들메에게 경험이 많은 사람들을 딸려 보냈지만 만덕은 마음이 초조했다. 뱃길은 포구에 닻을 내려야 비로소 안심할 수 있는 길이었다.

배는 열흘 만에 돌아왔다. 바닷가 마을을 돌며 마련한 곡식 500석을 싣고 제주 포구에 무사히 닻을 내렸다.

"하늘이 불쌍한 목숨들을 살리라고 도우셨네. 모두들 무사히 돌아와 줘서 고맙네. 들메, 자네가 고생 많았네."

"마침 서북풍이 불어와서 돌아오는 길이 수월했습니다."

들메가 환한 얼굴로 대답했다. 만덕은 일일이 사공들에게 고맙다는 인사를 했다. 애월에게 상을 잘 차려 사공들을 대접하라 일렀다.

"고 서방은 저쪽에 따로 50석을 쌓아 놓게. 그것은 여기서 이웃 친지들과 나누어 먹을 걸세. 그리고 들메는 나머지 450석을 관아로 실어 가게. 뱃길 나들이에 힘들겠지만 한시가 급하니 서둘러야지."

이때 관에서는 구호 곡식이 도착하지 않아서 애가 타고 있었다. 마

물 지구의 표면에서 바다를 뺀 나머지 부분.
포구 배가 드나드는 개의 어귀.

침 전 현감 고한록이 300석을, 장교 홍삼필과 유학 양성범이 각각 100석을 내놓아 위급한 사정을 넘기고 있었지만 굶주리는 사람들은 점점 늘어만 갔다.

"영감마님, 동문 밖 객주 김만덕이 곡식 450석을 보내왔습니다. 구호 곡식으로 내놓는 것이라 합니다."

"객주 만덕이 곡식을, 그것도 450석이나 구호 곡식으로 보내왔단 말이냐?"

목사 이우현은 너무 놀라 되물었다. 만덕이 객주에서 죽을 끓여 사람들에게 나눠 준다는 소문을 목사도 들었다. 그런데 또 이렇게 많은 곡식을 내놓으리라고는 상상도 못 했다. 곡식 사백오십 석은 굶어서 죽어 가는 사람 천여 명을 살려 낼 수 있는 양이었다.

"예, 영감마님. 만덕이 뭍에서 들여온 곡식이랍니다."

"세상에 더없이 값진 곡식이구나. 만덕이 참으로 아름다운 사람이구나."

목사의 놀라움이 감탄으로 이어졌다.

"영감마님, 어찌할까요?"

목사는 곧바로 굶주린 사람들을 관아로 불러 모았다. 구름처럼 몰려든 사람들은 마당에 쌓인 곡식을 보고 기뻐 어쩔 줄 몰랐다. 목사는 사람들에게 김만덕이 구호 곡식을 내놓은 사실을 말했다.

"이 곡식은 동문 밖 객주 김만덕이 천금을 내어 마련한 것이다. 받아 가서 굶주림을 면하도록 하여라."

현감 조선 시대에 둔, 작은 현의 수령.
장교 조선 시대에, 각 군영과 지방 관아의 군무에 종사하던 낮은 벼슬아치.
유학 벼슬하지 아니한 유생을 이르던 말.
관아 예전에, 벼슬아치들이 모여 나랏일을 처리하던 곳.

목사는 심하게 부황이 든 사람이나 어린이, 노인 들에게 먼저 곡식을 나누어 주었다. 그리고 형편이 나은 사람과 그렇지 못한 사람을 구별하여 공평하게 나누어 주었다. 때맞춰 내놓은 구호 곡식 때문에 사람들이 목숨을 건졌다.

"저승 문턱 넘어가는데 만덕이 와서 구해 주었네."

"아무렴, 나도 조금만 늦었어도 다신 밝은 세상 못 볼 뻔했네."

"우리 목숨을 만덕이 살렸네. 만덕이 우리 생명의 은인일세."

살아난 사람들은 만덕에게 고마워하며 생명의 은인이라 여겼다. 만덕은 기운을 차린 사람들을 보니 고맙고 또 고마운 마음이 들었다. 목숨보다 귀한 것은 없었다.

그해 봄, 다행히 보리농사가 잘되었고, 어렵게 보릿고개를 넘긴 사람들은 한시름 놓았다. 4년 동안 제주를 덮쳤던 재난이 그렇게 끝났다.

구호를 끝낸 목사는 조정에 장계를 올렸다. 구호를 끝낸 사실과 아울러 전 현감 고한록이 300석을, 장교 홍삼필과 유학 양성범이 각각 100석을 구호 곡식으로 내놓은 사실을 알렸다.

"제주에서 내놓은 100석은 뭍의 천 포와 맞먹는다."

정조는 칭찬하며 그들에게 각각 벼슬을 내렸다.

이우현의 뒤를 이어 유사모가 제주 목사로 왔다. 목사 유사모는 만덕이 전 재산을 내어 죽어 가는 사람들을 살려 낸 사실을 알고 크게 감동했다. 평생 혼자 살며 이룬 재산을 남을 위해 내놓는 일은 아무나 할 수 있는 일이 아니었다. 더러 남자들은 이런 일을 하고 벼슬을 받거나 땅을 받거나 했지만 여자인 만덕은 그런 것도 기대하지 않았다. 사심 없이 어려움에 빠진 이웃을 도운 것이었다. 목사는 그 사실

부황 오래 굶주려서 살가죽이 들떠서 붓고 누렇게 되는 병.
포 일정한 양으로 싼 인삼을 세는 단위.

을 자세히 써서 조정에 알렸다.

정조는 감동했다.

"만덕에게 소원을 물어서 그것이 무엇이든 특별히 들어주어라."

정조의 뜻을 받은 목사는 만덕에게 소원을 물었다.

"다른 소원은 없습니다. 오로지 서울에 올라가 임금이 계시는 궁궐을 우러러 뵙고, 금강산 1만 2천 봉을 둘러보는 것이 소원입니다."

만덕은 주저 없이 말했다. 바다를 건너 뭍에 가는 것은 꿈도 꾸지 못할 일이었다. 당시 조선에는 '월해금법'이란 법이 있어 제주 여자는 바다를 건너 뭍으로 나갈 수 없었기 때문이다. 하지만 만덕은 사람들에게 금강산 이야기를 들을 때면 골골이 빼어나다는 그 산을 마음속에 그려 보곤 했다. 금강산의 웅장하고 화려함은 철마다 다른 이름으로 불리는 것으로도 알 수 있었다. 봄에는 맑고 투명한 금강석처럼 빛난다 해서 금강산이라, 여름에는 삼신산 가운데 하나인 봉래산이라, 가을에는 타는 듯 피어나는 단풍으로 물결치니 풍악산이라, 그리고 겨울에는 이도 저도 다 떨군 채 앙상한 뼈대를 드러낸다 하여 개골산이라 불렀다. 만덕은 갈 수만 있다면 꼭 한 번 가서 수려한 산세를 보고 싶었다.

정조는 기꺼이 만덕의 소원을 들어주었다.

"만덕이 서울로 올라오는 길에 조금도 불편함이 없도록 해라. 역마다 말을 내주고, 먹고 자는 것도 잘 살펴 주어라."

만덕은 기뻤다. 그때 만덕의 나이는 쉰여덟, 정조 20년(1796년)이었다. ⑥

사심 사사로운 마음.
골골이 골짜기마다.
수려하다 빼어나게 아름답다.

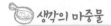

　조선시대에 이런 여성 부자가 있었다니, 게다가 이렇게 나눔의 정신을 실천한 멋진 여성이었다니, 참 놀랍습니다. 우리에겐 좀 낯설지만 제주 사람들에게 김만덕은 꽤 잘 알려진 인물이라고 합니다.

　굶주림으로부터 많은 백성을 살린 만덕을 가상히 여긴 임금은 만덕에게 소원을 묻지요. 만덕은 '서울에 가서 궁궐을 구경하는 것, 금강산을 돌아보는 것.'이라고 대답했답니다. 당대 여성의 삶, 특히 '제주 여성들의 삶'이 어떠했는지, 그 단면을 살짝 엿볼 수 있는 부분이기도 하지요.

　여러분이라면 어떤 소원을 빌었을까요?

나의 경험 속에서 성찰을 길어 올리다

　이제까지 겪어온 일들을 가만히 들여다보고 곰곰 생각해 보면 새로운 의미가, 삶에 대한 깨달음이 찾아오기도 합니다. 글쓰기가 가진 최고의 미덕은 바로 그런 것. 글을 쓰면서 우리는 자신의 삶을 웅숭깊고 진지하게 성찰해보고, 어떻게 살아야 하는 것인지 고민해 보면서 다른 사람이 만든 가치나 삶의 방식을 그냥 따라만 가는 '나'가 아니라 나의 생각에 의해 나의 삶을 살아가는 진짜 '나'를 만들어가게 됩니다. 앞서 떠올린 글감을 활용하여 성찰이 담긴 경험 글을 써 봅시다.

내가 고른 글감 :

제목 :

세 번째 이야기

다른 삶과
만나다

살아간다는 것은 끊임없이 무언가와 만나는 것. 사물과 만나고 사람과 만나고 경험과 만나고 시대와 만나면서 우리는 계속해서 변화해 갑니다.

　내가 사는 세상에는 참 다른 생각과 삶들이 존재하지요. 그 다름이 나의 눈을 띄우고, 나의 생각에 더욱 깊은 그늘을 드리우기도 합니다.

　참 다른 삶들, 그런데 어느 순간에 나의 삶과 가만히 손을 잡고 이어지는 삶들. 그 삶들을 만나러, 또 길을 가 볼까요.

자유를 그리며

안네 프랑크

1943년 7월 23일 금요일

키티.

오늘은 재미있는 이야기를 들려줄게. 다시 우리가 바깥 세상으로 나간다면 각자 제일 먼저 하고 싶은 일들을 말이야. 언니와 단 아저씨는 먼저 더운물을 철철 넘치도록 받아 놓은 목욕탕에서 마음껏 목욕을 하고 싶다고 해. 단 아주머니는 크림 케이크가 먹고 싶다고 하고, 뒤셀 씨는 부인을 만날 생각만 해. 어머니는 커피가 마시고 싶고, 아버지는 포센 씨를 만나러 가고 싶다고 하셔. 페터는 거리에 나가 영화를 보고 싶다고 해. 나는 그렇게 되면 너무 기뻐서 무엇부터 시작해야 좋을지 모르겠지만, 제일 먼저 자유롭게 지낼 수 있는 내 집이 필요할 것 같아. 다음은 공부할 수 있고, 다정한 친구들이 있는 학교로 가는 거야.

1943년 7월 26일 월요일

키티.

어제는 하루 종일 혼란과 소동으로 정신이 없었어. 모두 아직 흥분에서 깨어나지 못하고 있어. 너는 흥분하지 않는 날이 없다고 말할지도 몰라. 사실 이곳 생활은 늘 놀라운 일 투성이야.

어제 아침 식사를 하고 있을 때, 최초의 공습경보가 울렸는데 그 내용이 비행기가 해안을 통과했다는 것뿐이어서 우리들은 모두 아무렇지도 않게 생각했어.

나는 아침 식사 후에 머리가 몹시 아파서 1시간 정도 누워 있다가

2시쯤 아래층으로 내려갔어. 2시 30분에 언니는 사무실 일을 마쳤는데 사무용품을 정리하기도 전에 두 번째 사이렌 소리가 울린 거야. 우리는 급히 위층으로 올라갔어. 그러자 5분도 채 안되어 고사포가 요란하게 터지기 시작했어.

나는 피난용 가방을 가슴에 꽉 부둥켜안고 서 있었어. 달아나겠다는 생각보다 무엇이라도 꼭 붙들고 싶은 마음에서였어. 달아나고 싶어도 갈 곳은 없고, 만약 이곳에서 달아난다고 해도 위험하기는 마찬가지야.

30분쯤 지나자 공습은 끝났지만 모두의 불안은 가시지 않았어. 페터가 다락방의 망보는 데서 내려왔어. 뒤셀 씨는 큰 사무실에, 단 아주머니는 전용 사무실에, 그리고 우리는 좁은 계단에 쪼그리고 앉아 떨고 있었어. 다락방에서 주위를 지켜보고 있던 단 아저씨가 항구 쪽에서 불길이 치솟는다고 소리쳐서 나도 보러 올라갔어. 이윽고 무엇인가 타는 냄새가 나고, 바깥은 짙은 안개가 낀 것 같았어.

저녁 식사 때 또 공습경보가 울렸어. 맛있게 식사하고 있었는데 사이렌 소리를 들으니 먹고 싶은 생각이 없어졌어. 그러나 다행스럽게도 45분 뒤에 경보가 해제되었어. 9시에 나는 침대에 들어갔지만 여전히 다리는 후들후들 떨렸어. 12시쯤 비행기 소리에 잠을 깼어. 마침 뒤셀 씨가 옷을 벗고 있었는데 그런 일에 신경을 쓸 여유가 없었어. 나는 첫 번째 고사포 소리에 침대에서 벌떡 일어나 아버지의 침대로 기어들어 갔어. 2시간 정도 있었는데 비행기는 잇달아 날아왔어. 이윽고 고사포 소리가 멎자 나는 내 침대로 돌아와 잠들었어.

아침 7시에 나는 깜짝 놀라 침대에서 일어났어. 단 아저씨와 아버

고사포 항공기를 사격하는 데 쓰는, 큰 포.

지가 옆에 계셨어. 순간 나는 도둑이 들었구나 생각했어. 아저씨가 "모조리……."라고 하셔서 "모조리 도둑맞았다."로 생각했던 거야. 그러나 그게 아니었어. 몇 달 만에, 아마 전쟁이 시작된 이래 처음 들어 보는 반가운 소식이었어.

무솔리니가 물러나고 이탈리아 국왕이 권력을 되찾았다는 소식이야. 모두들 펄쩍 뛰며 기뻐했어. 어제는 그렇게도 무서운 일이 있었는데 오늘은 마침내 전쟁이 끝난다는 희망이, 평화가 온다는 희망이 솟아오르는구나.

무솔리니 이탈리아의 정치가(1883~1945). 제1차 세계 대전 이후 파시스트당을 조직하고, 쿠데타로 정권을 획득하였으며, 수상이 되어 독재 체제를 구축함. 제2차 세계 대전 일본, 독일과의 삼국 동맹에 의하여 연합국 측에 선전 포고 하고 참전했으나, 패하여 피살됨.

　안네 프랑크는 1929년 독일에서 태어난 유대인이었습니다. 1940년, 독일이 유대인을 박해하는 정책을 펴기 시작하여 안네는 네덜란드의 한 건물에 숨어 살아야 했답니다. 막 사춘기가 시작된 꽃다운 시절, 앞날을 모조리 저당 잡힌 채, 안네는 하루하루 숨을 멈추고 긴장 속에 살아야 했지요. 칼날 위를 걷는 것처럼 불안한 나날이었지만, 안네는 그런 생활 속에서도 삶에 대한 희망을 놓치지 않습니다. 안네가 기록해 간 일기는 어떤 소설보다도 감동적으로 자신의 현실 속에서 치열하게 살아가는 아름다운 인간의 모습을 보여 줍니다.

　안네의 가족들은 결국 모두 유대인 수용소로 끌려가고, 안네는 전쟁이 끝나기 직전 수용소에서 숨을 거둡니다. 하지만 그 삶의 기록은 여전히 많은 사람의 마음을 울리면서, 부끄러운 우리 인간의 역사에 대한 또렷한 고발장으로 생생히 살아남아 있습니다.

생각의 마중물

여러분이 안네였다면, 어땠을까요? 안네와 같은 상황에 있다고 상상해 보면서 어느 하루의 일기를 써 봅시다.

(   )의 일기

년   월   일

엄마의 눈물

장영희

유학을 마치고 돌아온 지 10여 년이 지났지만, 그때 가져온 짐 보따리가 차일피일 미루다 보니 그대로 다락방에 방치되어 있었다.

어제는 불가피하게 미국 대학에서 썼던 자료들을 꺼내야 할 일이 있어 10년 묵은 짐을 정리하는데, 다락 한구석에 '영희짐'이라고 커다랗게 매직펜으로 씌어진 상자가 눈에 띄었다.

내가 유학 간 사이에 이 집으로 이사를 오면서 어머니가 내가 쓰던 물건들을 정리해 놓아 둔 상자였다. 고등학교나 대학 때 친구들과 주고받았던 편지, 노트, 시험지 등등 태곳적 물건들 가운데 아주 낡은 와이셔츠 갑 하나가 끼어 있었다.

열어 보니 신기하게도 초등학교 다닐 때의 물건들이 담겨 있었다. 어렴풋이 생각나는 것이, 어렸을 때 '생명'보다 더 아낀다고 생각했던 보물 상자였다. 동생들과 싸워 가면서 모았던 예쁜 구슬병, 이런저런 상장들, 내가 좋아했던 만화가 엄희자, 박기준, 김종래 씨들의 만화를 흉내 내 그린 그림들, 그리고 맨 바닥에는 '3학년 7반 37번 장영희'라고 씌어진 일기장이 있었다.

호기심에 일기장을 대충 훑어보았다. 초등학교 3학년생이 썼다고 믿어지지 않을 만큼 꽤 세련된 필체로(오히려 지금 나는 악필로 소문나 있다) '동생 태어난 날-앗, 또 딸이다!', 'M&M 초콜릿 전쟁', '이 세상에서 제일 미운 애' 등 재미있는 제목들이 눈에 띄었다.

나는 짐 푸는 것을 잠깐 접어 두고 본격적으로 일기를 읽어 나가기 시작했다. 30여 년이라는 세월이 무색할 정도로 작고 어둡던 다락방이 갑자기 열 살짜리 소녀의 꿈과 희망으로 환해지는 것 같았다.

태곳적 아득한 옛적.

일기는 매번 '이제는 동생과 사이좋게 놀아야지.', '다음번엔 벼락 공부를 하지 말아야지.' 등 '해야지'라는 결의로 끝나고 있었다. '결의'는 곧 '실행'이라고 생각하는 순진무구함이 재미있어 계속 일기를 넘기는데, 문득 12월 15일자의 '엄마의 눈물'이라는 글이 눈에 들어왔다.

오늘 아침에도 엄마가 연탄재 부수는 소리에 잠이 깼다. 살짝 문을 열고 보니 밤새 눈이 왔고 엄마가 연탄재를 양동이에 담고 계셨다. 올해는 눈이 많이 와서 우리 집 연탄재가 남아나지 않겠다. 학교 갈 때 엄마가 학교까지 몇 번이나 왔다갔다 하면서 깔아 놓은 연탄재로 흰 눈 위에 갈색 선이 그어져 있었다. 그 위로 걸으니 별로 미끄럽지 않았다. 하지만 올 때는 내리막길인데 눈이 얼어붙는 바람에 너무 미끄러워 엄마가 나를 업고 와야 했다. 내가 너무 무거웠는지 집에 닿았을 때는 엄마는 숨을 헐떡거리고 이마에 땀이 송송 나 있었다. 추운 겨울에 땀 흘리는 사람! 바로 우리 엄마다. 그런데 나는 문득 엄마의 이마에 흐르는 그 땀이 눈물같이 보인다고 생각했다. 나를 업고 오면서 너무 힘들어서 우셨을까. 아니면 또 '나 죽으면 넌 어떡하니.' 생각하시면서 우셨을까. 엄마 20년만 기다려요. 소아마비는 누워 떡 먹기로 고치는 훌륭한 의사가 되어 내가 엄마 업어 줄게요.

일기를 보면서 입에는 미소가, 눈에는 눈물이 돌았다. 꿈을 이루는 데 '누워 떡 먹기'라는 표현을 쓰는 열 살짜리 어린아이의 세상에 대한 믿음이 재미있어 웃음이 났고, 학교에 가기 위해 모녀가 매일매일 싸워야 했던 그 용맹스러운 투쟁이 새삼 생각나 눈물이 났다.

돌이켜 보면 학창 시절, 내게 '학교에 간다'는 말은 문자 그대로 '간다'의 문제였다. 우리 집은 항상 내가 다니는 학교 근처로 이사를 해서 학교에서 고작 2, 3백 미터 정도의 거리였지만, 그것도 내게는 버거운 거리였다. 게다가 비나 눈이 오는 날은 그야말로 필사적인 투쟁이었다.

아침마다 우리 여섯 형제가 제각각 하루의 시작을 위해 대전쟁을 치렀는데, 어머니는 항상 내 차지였다. 다리에 혈액 순환이 잘 되라고 두꺼운 솜을 넣어 직접 지으신 바지를 아랫목에 넣어 따뜻하게 데워 입히시는 일부터 시작하여 세수, 아침 식사, 그리고 보조기를 신기는 일까지, 그야말로 완전 무장을 하고 나서 우리 모녀는 또 '학교 가기' 전투를 개시하는 것이었다.

초등학교 3학년 때까지 어머니는 나를 업어서 데려다 주셨지만, 그 것으로 끝나는 게 아니었다. 화장실에 데려가기 위해 두시간에 한 번씩 학교에 오셔야 했다.

그때 일종의 신경성 요로증 같은 것이 있었던지, 어머니가 오시면 가고 싶지 않던 화장실도 어머니가 일단 가시기만 하면 갑자기 급해지는 것이었다. 때문에 어머니는 항상 노심초사, 틈만 나면 학교로 뛰어오시곤 했다.

어머니와 내가 함께 걸을 때면 뒤로 아이들이 쫓아다니며 놀리거나 내 걸음을 흉내를 내곤 하였다. 지금 생각하면 신기하게도 초등학교에 들어갈 즈음에는 이미, 철이 없어서였는지 아니면 그 반대였는지, 적어도 겉으로는 그것을 무시할 수 있었다. 오히려 보조기 구둣발 소리를 크게 내며 앞만 보고 걷곤 했다.

그러나 어머니는 쉽사리 익숙해지시지 못하셨다. 아이들이 따라올 때마다 마치 뒤에서 누가 총이라도 겨냥하는 듯, 잔뜩 긴장한 채 머리를 꼿꼿이 쳐들고 걸으시다가 어느 순간 확 돌아서 날카롭게 "그만두지 못해! 얘가 너한테 밥을 달라던, 옷을 달라던!" 하고 말씀하시곤 하셨다.

언제나 조신하고 말 없는 어머니였지만, 기동력 없는 딸이 이 세상에 발붙일 수 있는 자리를 마련하기 위해서는 목숨 바쳐 싸워야 한다고 생각한 억척스러운 전사였다. 눈이 오면 눈 위로 연탄재를 깔고, 비가 오면 한 손으로는 딸을 받쳐 업고 다른 한 손으로는 우산을 든 채 딸의 길과 방패가 되는 어머니 하루하루는 슬프고 힘겨운 싸움의 연속이었다.

그뿐인가, 걸핏하면 수술하고 두세 달씩 있는 병원 생활, 상급 학교에 갈 때마다 장애를 이유로 입학시험 보는 것조차 허락하지 않던 학교들……. 나 잘 할 수 있다고, 제발 한 자리 끼어 달라고 애원해도 자꾸 벼랑 끝으로 밀어내는 세상에 그래도 악착같이 매달릴 수 있었던 것은 어머니가 있기 때문이었다.

어머니는 내 앞에서 한 번도 눈물 흘리신 적이 없었고, 그것은 이 세상의 슬픔은 눈물로 정복될 수 없다는 말없는 가르침이었지만, 가슴 속으로 흐르던 '엄마의 눈물'은 열 살짜리 딸조차도 놓칠 수 없었다.

『신은 모든 곳에 있을 수 없기에 어머니를 만들었다.』 어디선가 본 책의 제목이다. 오늘도 어디에선가 걷지 못하거나 보지 못하는 자식을 업고 눈물 같은 땀을 흘리면서 끝없이 층계를 올라가는 어머니, "나 죽으면 넌 어떡하지!" 하며 깊이 한숨짓는 어머니, 몸이 불편한

기동력 상황에 따라 재빠르게 움직이거나 대처하는 능력.

자식의 손을 잡고 다른 사람들의 눈총을 따갑게 느끼며 머리를 꼿꼿이 쳐들고 걷는 어머니. 이 용감하고 인내심 많고 씩씩하고 하느님 같은 어머니들의 외로운 투쟁에 사랑과 응원을 보내며 보잘것없는 이 글을 나의 어머니와 그들에게 바친다. ✿

어머니는 당연히 자식에게 헌신해야 하는 존재라고, 혹 여러분은 그렇게 생각하고 있나요? 어머니도 역시 사람. 어머니 혼자 감당해야 할 번민과 고통과 슬픔들을 여러분처럼 힘겹게 이고 가는 사람. 어머니들은 대부분 그것을 들키지 않으려 애쓰며 씩씩하게 꼿꼿하게, 하느님처럼 전지전능한 존재로 자식들 앞에 섭니다.

여러분도 아마 눈치 채고 있겠지요? 어머니가 땀인 척 닦아내는 그 물방울들 속에 어머니 혼자 삭이는 슬픔과 견디기 힘든 삶의 무게가 오롯이 담겨 있다는 것을 말입니다.

때로는 여러분도 그것을 알고 있음을, 마음 깊이 감사하고 있음을 어머니에게 전해 보세요.

어머니의 눈물은 자식의 작은 배려와 사랑만으로도 금세 환한 웃음으로 벅차오르는 뿌듯함으로 바뀌는 법.

생각의 마중물

어머니의 삶을 가만 생각해 봅시다. 어떤 점이 힘겹고 어려울 것 같은가요, 지난날 어떤 순간이 어머니에게 가장 견디기 힘드셨을까요? 어머니의 입장이 되어 그날의 일기를 써 봅시다.

년   월   일

나는 (   )아버지였다.

괜찮아

장영희

초등학교 때 우리 집은 제기동에 있는 작은 한옥이었다. 골목 안에는 고만고만한 한옥 네 채가 서로 마주 보고 있었다. 그때만 해도 한집에 아이가 네댓은 되었으므로, 그 골목길만 초등학교 아이들이 줄잡아 열 명이 넘었다. 학교가 파할 때쯤 되면 골목 안은 시끌벅적한, 아이들의 놀이터가 되었다.

어머니는 내가 집에서 책만 읽는 것을 싫어하셨다. 그래서 방과 후 골목길에 아이들이 모일 때쯤이면 어머니는 대문 앞 계단에 작은 방석을 깔고 나를 거기에 앉히셨다. 아이들이 노는 것을 구경이라도 하라는 뜻이었다.

딱히 놀이 기구가 없던 그때 친구들은 대부분 술래잡기, 사방치기, 공기놀이, 고무줄넘기 등을 하고 놀았지만, 다리가 불편한 나는 공기놀이 외에는 어떤 놀이에도 참여할 수 없었다. 하지만 골목 안 친구들은 나를 위해 꼭 무언가 역할을 만들어 주었다. 고무줄넘기나 달리기를 하면 내게 심판을 시키거나, 신발주머니와 책가방을 맡겼다. 그뿐인가. 술래잡기를 할 때는 한곳에 앉아 있는 내가 답답할까 봐, 미리 내게 어디에 숨을지를 말해 주고 숨는 친구도 있었다.

사방치기 어린이 놀이의 하나. 땅바닥에 여러 공간을 구분해 그려 놓고, 그 안에서 납작한 돌을 한 발로 차서 차례로 다음 공간으로 옮기다가 정해진 공간에 가서는 돌을 공중으로 띄워 받아 돌아온다.

우리 집은 골목 안에서 중앙이 아니라 구석 쪽이었지만, 내가 앉아 있는 계단 앞이 친구들의 놀이 무대였다. 놀이에 참여하지 못해도 나는 전혀 소외감이나 박탈감을 느끼지 않았다. 아니, 지금 생각하면 내가 소외감을 느낄까 봐 친구들이 배려해 준 것이었다.

그 골목길에서 있었던 일이다. 초등학교 1학년 때였던 것 같다. 하루는 우리 반이 좀 일찍 끝나서 혼자 집 앞에 앉아 있었다. 그런데 그때 마침 깨엿 장수가 골목길을 지나고 있었다. 그 아저씨는 가위만 쩔렁이며 내 앞을 지나더니 다시 돌아와 내게 깨엿 두 개를 내밀었다. 순간 그 아저씨와 내 눈이 마주쳤다. 아저씨는 아무 말도 하지 않고 아주 잠깐 미소를 지어 보이며 말했다. "괜찮아."

무엇이 괜찮다는 것인지는 몰랐다. 돈 없이 깨엿을 공짜로 받아도 괜찮다는 것인지, 아니면 목발을 짚고 살아도 괜찮다는 것인지……. 하지만 그건 중요하지 않다. 중요한 건 내가 그날 마음을 정했다는 것이다. 이 세상은 그런대로 살 만한 곳이고, 좋은 사람들이 있고, 착한 마음과 사랑이 있고, '괜찮아'라는 말처럼 용서와 너그러움이 있는 곳이라고 믿기 시작했다는 것이다.

어느 방송 채널에 오래전의 학교 친구를 찾는 프로그램이 있다. 한번은 가수 김현철이 나와서 초등학교 때 친구들을 찾았는데, 함께 축구하던 이야기가 나왔다. 당시 허리가 36인치나 되는 뚱뚱한 친구가 있었는데, 뚱뚱해서 잘 뛰지 못한다고 다른 친구들이 축구팀에 끼워 주려고 하지 않았다. 그때 김현철이 나서서 말했다. "그럼 얘는 골키퍼를 하면 함께 놀 수 있잖아!" 그래서 그 친구는 골키퍼 친구들과 함께 축구를 했고, 몇십 년이 지난 후에도 그 따뜻한 말과 마음을 그대로 기억하고 있었다.

괜찮아 - 난 지금도 이 말을 들으면 괜히 가슴이 찡하다.

2002년 월드컵 4강에서 우리나라 축구 대표 팀이 독일에게 졌을 때, 관중들은 우리 선수들을 향해 외쳤다. "괜찮아! 괜찮아!" 혼자 남아 문제를 풀다가 결국 골든 벨을 울리지 못하면 친구들이 얼싸안고 말해 준다. "괜찮아! 괜찮아!"

'그만하면 참 잘했다.'라는 용기를 북돋워 주는 말, '너라면 뭐든지 다 눈감아 주겠다.'라는 용서의 말, '무슨 일이 있어도 나는 네 편이니 넌 절대 외롭지 않다.'라는 격려의 말, '지금은 아파도 슬퍼하지 마라.'라는 나눔의 말, 그리고 마음으로 일으켜 주는 부축의 말, 괜찮아.

참으로 신기하게도, 힘들어서 주저앉고 싶을 때마다 난 내 마음속에서 작은 속삭임을 듣는다. 오래전 따뜻한 추억 속의 골목길 안에서 들은 말. '괜찮아! 조금만 참아. 이제 다 괜찮아질 거야.' 그래서 '괜찮아'는 이제 다시 시작할 수 있다는 희망의 말이다.

시각 장애인이면서 재벌 사업가로 알려진 미국의 톰 설리번은 자기의 인생을 바꾼 말은 딱 세 단어, "Want to play(함께 놀래)?"라고 했다. 어렸을 때 시력을 잃고 절망과 좌절감에 빠져 고립된 생활을 할 때 옆집에 새로 이사 온 아이가 그렇게 말했다고 한다. 그 짧은 말이 자기가 다시 세상 밖으로 나올 수 있는 계기가 되었다고 했다.

어린아이의 마음은 스펀지같이 무엇이든 흡수한다. 그리고 어느 순간에 마음을 정해 버린다. 기준은 '함께'이다. 세상이 친구가 되어 '함께'하리라는 약속을 볼 때, 힘들지만 세상은 그런대로 살 만한 곳이라 여기고, '함께'하리라는 약속이 없으면 세상은 너무 무서운 곳이라 여긴다. 새삼 생각해 보면 내가 이 세상에 정붙이게 만들어 준 것은 바로 옛날 나와 함께하기를 거절하지 않았던 골목길 친구들이다.

생각의 마중물

　한 마디 말이 누군가의 삶에 희망과 긍정의 빛을 던져 줄 수도 있는 것. 누군가에게 "괜찮아!"라고 말해 줄 수 있는 사람들이 이 세상을 살 만한 곳으로 만들어 줍니다. 여러분은 어떤가요, 여러분에게 이 세상은 살 만한 곳인가요? 여러분은 이 세상을 살 만한 곳으로 만들어 가고 있나요?

촌스러운 아나운서

이금희

지금도 그렇지만 대학 시절 나는 무척이나 촌스러웠다. 대학을 졸업하고 사회생활을 막 시작할 때가 되어서도 옷차림이나 머리 모양이 대학생들과 별로 다를 게 없었다. 화장도 할 줄 몰랐고, 머리도 손질할 줄 몰랐으며, 옷도 청바지 외에는 별로 없었다.

　그러던 내가 취직을 했는데, 그곳은 유행의 최첨단을 걷는 사람들이 모인다는 방송국이었다. 시골 사람 서울 구경이 그랬을까? 신입사원 연수 때부터 나는 어리벙벙하기만 했다.

　신입 사원들의 연수를 위해 단체 합숙을 하는 첫날, 순진하게도 나는 안내문에 쓰여 있는 대로 세면도구와 속옷 몇 벌만 달랑 챙겨 갔다. 하지만 나와는 달리 동기 아나운서들은 여벌의 옷가지들은 물론, 드라이어와 화장 도구 일체를 챙겨 와서는 갖가지 화장품을 풀어 놓고 아침마다 정성껏 얼굴을 두드리는데, 제대로 된 화장이 그런 것인 줄 그 때 처음 알았다.

　그 친구들에 대한 나의 열등감은 아마도 그 때부터 시작되었다고 봐야 할 것이다. 화면에 모습을 비춰야 하는 직업이라서 아나운서에게는 화장, 머리 모양, 의상 등이 중요하다. 그런데 그런 쪽에는 도통 관심도 없었고 눈썰미도 없었던 나는 동기들에 비해 뒤처질 수밖에……. 세련된 그들에 비해 촌스러운 나를 누가 눈여겨보기나 할까 하는 열등감과 함께. 어쩌면 프로그램에 나갈 기회조차 주어지지 않을지 모른다는 걱정도 들었다.

　그래서 어리석게도 뱁새가 황새 따라가는 짓을 하기 시작했다. 동료 아나운서들이 값비싸고 유명한 상표의 옷을 입으면 나는 남대문 시장이나 강남 고속버스 터미널 지하로 가서 비슷한 의상을 사들였다. 화장품도 이것저것 사서 얼굴에 덕지덕지 발랐다. 눈썹도 더 진하게, 입술 색깔도 더 강렬하게……. 원래 잘하는 화장일수록 은은하고 자연스러운 법인데, 나는 무조건 진하게 그리고 발랐던 것이다. 그러다 보니 어딘지 내 색깔이 없어져 가는 것 같았다. 화면에 나온 내 모습은 내가 봐도 어색하기만 했고, 옷도 남의 옷을 빌려 입은 듯 불편했다.

그러면서 점차 깨닫게 된 것이 바로 '나다움'이었다. 아무리 그들을 의식하고 흉내 낸다 하더라도 나는 결국 나다. 나는 어떻게 해도 그들이 될 수 없다. 그들을 쫓아가려고 애쓰다 보면 결국 나다운 것조차 잃어버리게 된다.

그런 사실을 깨닫게 된 것은 당시에 내가 맡았던 프로그램 덕분이었다. 신입 사원 시절, 나는 어린이 동요 대회 프로그램과 고향 소식을 전하는 프로그램을 맡았다. 나중에 알게 된 사실이었지만 당시 그 프로그램의 담당자들은 나의 그 촌스러움, 즉 소박함을 높이 사서 나를 프로그램 진행자로 추천했다고 한다.

그런 것이다. 내가 생각하기엔 모자란 부분도 시각을 달리해서 보면 장점이 될 수 있다. 촌스러움도 순수함으로 비칠 수 있고, 세련되지 못한 점이 친근하게 느껴질 수 있다.

중요한 것은 자기 자신의 기준과 잣대이다. 내가 나를 제대로 봐주지 않으면 누구도 나를 제대로 봐 줄 리 없고, 내가 나를 사랑하지 않으면 아무도 나를 사랑하지 않을 테니까 말이다. 🐚

촌스러운 자신을 부끄럽게 생각했는데, 그것을 버리려 애를 썼는데, 알고 보니 그것이 나의 빛나는 부분이었다니요. 다른 사람을 애써 따라가려다가 진짜 멋진 나를 버릴 뻔 했네요. '나에게도 그런 부분이 있을까?' 하고 생각하게 됩니다. 때로는 세상의 기준과 잣대를 따를 것이 아니라 나 스스로 나를 판단하고 사랑할 줄 아는 힘도 필요한 것. 그것만이 전부가 되면 또 안 되겠지만 말이에요.

🍲 생각의 마중물

여러분이 스스로를 생각할 때 부족한 부분이 있나요? 그것도 시각을 달리 해서 보면 장점이 될 수 있을까요?

나의 부족한 부분 :

이렇게 보면 장점일 수도 있다 :

할아버지 손은 약손

한수연

가족과의 이별

전쟁도 유엔군이 전 국토를 거의 장악해 조국의 통일이 눈앞에 다다랐을 무렵이었다. 중국이 같은 공산주의 국가로 북한 쪽을 도와 50만 대군을 이끌고 물밀 듯 쳐 내려와, 유엔군은 다시 후퇴하지 않을 수 없게 되었다.

"여보, 공산군이 돌아오면 당신이 국군을 치료해 주었다고 그냥 두지 않을 거예요. 남으로 피하세요."

생각 깊은 아내가 주위에서 들리는 소문을 듣고 얼굴이 창백해져 말했다.

"그렇잖아도 국군병원 버스에 내 자리를 마련해 두었다고 하오. 우리 가족들이 탈 수 있는 자리는 없는데 어쩌겠소?"

"저희 걱정은 마세요. 다리로 못 건너면 혹시 대동강을 건너는 배라도 있을지 알아볼게요."

1950년 12월 3일이었다.

아내는 기려가 남으로 떠나는 것을 보려고 차를 기다렸으나 오지 않자 아이들을 데리고 대동강으로 나갔다. 국군 의무대 수송 버스는 약속한 시간을 한참 지나서 기려의 집으로 왔다. 기려는 부모님께 인사를 드리고 집을 나섰다. 마침 밖에서 들어오던 둘째 아들 가용이 아버지가 든 무거운 가방을 받아 들고 버스가 있는 곳까지 배웅해 주러 따라왔다.

"아버지, 안녕히 다녀오십시오."

어린 아들은 아버지가 가까운 병원에라도 출근하려는 줄 아는지 이렇게 인사를 했다.

"박사님! 아이를 어서 태우십시오."

"자리가……."

"시간이 없습니다. 어서요!"

군의관의 급한 목소리에 가용은 아버지를 따라서 얼떨결에 버스에 오르고 말았다. 평양 시내는 피란민들로 들끓었다. 버스가 약속 시간에 오지 못한 것도 이 피란민들로 교통이 복잡했기 때문이었다. 평양의 화신 백화점 앞을 버스가 지나치는데 가용이 갑자기 소리쳤다.

"저기 엄마와 신용이가……."

가용은 어머니와 누이동생이 손을 잡고 가는 것을 보았다. 버스 안에서 손을 흔들었지만 어머니의 모습은 사람들 속으로 신기루처럼 사라져 버렸다. 며칠만 지나면 다시 만나리라고 믿었던 이 헤어짐이, 40년이 넘도록 이루어지지 않을 줄을 그때는 아무도 모르고 있었다.

행려병자들을 살리다

휴전이 된 지 몇 년이 지나서도 부산에는 행려병자들이 많았다. 병이 났지만 아무도 돌보는 이가 없는 피란민들이 창고 속에 아무렇게나 수용되어 있는가 하면, 전쟁으로 부모 형제를 잃고 정신이 이상해진 사람들이 거리를 떠돌아다니고 있었다. 그러나 전쟁의 상처로 마음까지 말라 버린 사람들은 이런 광경을 눈여겨보지 않았다.

어느 날 아침, 기려는 출근길에 한 창고 앞을 지나치다 끙끙 앓는 소리를 듣고 발걸음을 멈추었다. 무거운 창고 문을 열고 보니 그 안에는 버려진 사람들이 짐승처럼 수용되어 있었다. 기려는 언젠가부터 버려진 사람들을 보면 그 속에서 북에 두고 온 가족의 모습을 떠올리는 버릇이 생겼다.

'이 사람들도 전쟁이 나기 전에는 그들의 고향에서 가족들과 같이

행려병자 떠돌아다니다가 병이 들었으나 치료나 간호를 하여 줄 이가 없는 사람.

행복하게 살았을 텐데, 그 끔찍한 전쟁이 나서…….'

기려는 그들을 창고 안에 그대로 둘 수가 없어 대학에 강의하러 가던 발걸음을 복음병원으로 옮겼다. 급히 병원으로 달려온 기려는 젊은 의사 몇 명을 부산의대 뒤쪽에 있는 창고로 보냈다.

"그래, 그 사람들을 어떻게 하면 좋겠소?"

행려병자를 보고 돌아온 젊은 의사들에게 이렇게 물었다. 젊은 의사들은 기려의 뜻을 이미 이해하고 있었다. 다음에는 간호사들을 그곳에 가 보게 하였다.

"그래, 그 사람들을 어떻게 하면 좋겠소?"

"원장님, 당장 데려와야겠어요. 저렇게 두다간 모두 죽고 말겠어요."

간호사들의 동정 어린 목소리가 원장 장기려에게는 그렇게 고마울 수가 없었다. 마지막으로 그곳에 가 보고 온 사람들은 간호조무사였다. 직접 환자의 몸도 닦아 주고 옷도 갈아입혀 주기 때문에 그들의 결정이 무엇보다 중요했다.

"원장님, 왜 이제야 저희들을 가 보게 하셨어요? 지금 당장 안 데려오면 다 죽고 말 거예요."

이렇게 마음이 일치되어서 데리고 온 행려병자들을 모두 정성껏 치료하고 돌보았다. 그러나 병이 너무 심한 탓에 4명은 금방 죽고, 2명은 얼마 후에 죽었으며, 겨우 2명만 완치되었다. 이 일이 소문이 나자 부산시에서는 부랴부랴 전염 병동으로 쓰던 건물을 새로 시설하여 행려병자 수용소로 만들었다. 그리고 부산 대학병원 의사들에게 돌보아 달라고 요청했다. 그 공로로 1960년 4월 7일, 보건의 날에 부산시에서 기려에게 시장상을 주었다.

사랑의 청십자 의원

이제 머리가 희끗희끗해진 기려는 그를 기다리고 있는 청십자 의원의 원장이 되었고, 그동안 무료로 돌보지 못한 환자들을 위해 자선에 가깝게 병원을 꾸려 갔다.

경남 거창에 살고 있는 한 가난한 농부는 입원비가 밀려 퇴원할 수가 없었다. 생각다 못해 그는 기려를 찾아가 하소연하였다.

"모자라는 돈은 벌어서 갚겠다고 해도 믿지 않습니다."

환자의 사정을 들어 본 기려는 마침 주머니에 돈도 없고 하여 한 가지 묘안을 알려 주었다.

"그냥 살짝 도망쳐 나가시오. 밤에 문을 열어 줄 테니."

마치 남의 병원에 와서 큰 인심이나 쓰는 듯한 원장의 말이었다. 농부는 원장의 이 말에 깜짝 놀라 더듬거렸다.

"그렇지만 어찌 그럴 수가……."

"할 수 없는 일 아닌가? 낼 돈은 없고, 병원 방침은 통하지 않고……, 당신이 집에 빨리 가서 일을 해야 가족들이 살 것 아니오."

농부는 기려의 말에 눈물을 흘리며 고마워했다. 그날 밤 기려는 서무과 직원들이 모두 퇴근하고 난 뒤, 병원의 뒷문을 살그머니 열어 놓았다. 밤이 으슥해지자 이불 보퉁이를 든 가족과 환자가 머뭇거리며 나타났다.

어둠 속에서 기려가 가만히 농부의 거친 손을 잡았다.

"얼마 안 되지만 차비요. 가서 열심히 사시오."

그의 가족은 가슴이 막혀 말이 나오지 않았다. 다만 그들의 눈에는 고마움의 눈물이 돌고 있었다.

다음 날 아침이었다.

"원장님, 106호 환자가 간밤에 도망쳤습니다."

간호사의 말을 듣고 서무과 직원이 원장실로 뛰어왔다.

"내가 도망치라고 문을 열어 주었소."

기려는 겸연쩍은 듯 웃으며 말했다.

"옛! 원장님이요?"

"다 나은 환자를 병원에 붙들고 있으면 그 가족들은 어떻게 살겠소? 빨리 가서 농사를 지어야 가족들 고생도 덜지. 지금이 한창 농번기인데……."

서무과 직원은 어이없다는 얼굴로 원장실을 나왔다. 그러나 그의 얼굴에는 처음과는 달리 웃음이 번져 있었다. 여느 병원보다 월급이 적은데도 직원들이 기쁘게 일하는 이유가 바로 여기에 있었다. 청십자 의원의 직원들은 장기려와 같이 사랑에 바탕을 둔 일을 한다는 긍지로 가득 차 있었기 때문이었다.

할머니와 달걀 3개

우리나라에서 두 번째로 큰 섬 거제도의 보건원에 외과 의사가 없어 수술을 하려면 충무시까지 나가야 하는 불편을 겪는다는 연락이 왔다. 거제보건원의 정희섭 원장은 기려가 월남해 왔을 때, 부산 제3육군병원의 병원장으로 기려를 받아 주었던 사람이었다. 기려는 의사를 찾는 곳이면 어디든지 가야 하는 것이 의사의 사명이라고 생각하였다. 기려는 2주일에 이틀씩만 거제도에서 환자를 보기로 했다. 기려가 오는 날은 병원이 장날처럼 붐비었다. 외딴 섬마을에서 오는 환자들은 바람이 불어서 배를 탈 수 없을까 걱정되어 미리 병원 가까운 여관에 들어 있기도 했다.

손자가 수술을 받고 퇴원하게 되는 날, 할머니는 손수건에 달걀 3개를 싸 와서 기려의 손에 쥐어 주었다.

"선생님, 우리 삼대독자를 살려 주셔서 참말로 고맙습니다."

기려는 순간 할머니의 얼굴에서 기도로 키워 주신 할머니의 모습을 보았다.

"할머니, 손자의 병은 제가 낫게 한 것이 아닙니다. 저는 그저 조금 도와주었을 뿐입니다."

"무슨 말씀을요. 선생님이 수술하여 우리 손자를 안 살렸습니까?"

기려는 할머니의 말에 웃으며 설명했다.

"할머니, 우리 몸에는 자기 스스로 낫게 하는 힘이 있답니다. 그 힘이 없다면 의사는 아주 작은 수술도 못 한답니다. 할머니는 칼을 쓰시다가 혹 손을 벤 일이 있잖았습니까?"

"있었고말고요."

"그럴 땐 어떻게 하셨어요?"

할머니는 유명한 박사님이 이렇게 친절하게 물어보는 것이 고마워서 자세히 대답을 하였다.

"어디 약을 바르고 할 틈이 있습니까? 피가 멈추게 꼭 싸매 두어도 일을 하다 보면 언제 나았는지 다 나아 있었지요."

할머니는 손가락의 상처 자국을 찾아내려고 앙상한 손을 펴서 들여다보았다.

"그 보세요. 피는 자연히 멈추고 상처는 특별한 약을 바르지 않아도 저절로 낫습니다. 그게 다 우리 몸 안에서 치료해 주는 힘이 있기 때문입니다. 그러니까 의사는 그걸 믿고 큰 수술도 안심하고 한답니다."

기려의 말을 듣고도 할머니는 고개를 설레설레 흔들기만 하였다.

"알 듯도 하지만 그래도 이상하네요. 우리 손자를 선생님이 분명히 살려 내시고도 그 공이 아니라고만 하시니……."

할머니가 두고 간 달걀 3개의 마음은 기려가 무의촌을 찾을 때마다 떠올랐다.

"환자는 의사가 조금만 친절하게 해 주어도 고마워한다네. 그 고마워하는 마음이 병을 빨리 낫게 하는 데 큰 몫을 하네. 훌륭한 의사가 되는 것은 어려운 것이 아니네. 의사로서 최선을 다하면 된다네."

이것은 기려가 무의촌에 다니면서 깨닫게 된 것을 의사가 되려는 학생들에게 심어 주는 말이 되었다.

라몬 막사이사이상 수상

서울에서 돌아오는 밤 열차 속에서였다. 라디오에서는 올해 라몬 막사이사이상의 수상자가 우리나라의 장기려 박사로 결정되었다는 속보가 흘러 나왔다. 그 보도와 함께 기려의 약력과 그동안의 공적이 소개되었다. 장기려의 인술은 우리나라에만 알려진 것이 아니었다. 필리핀 정부에서 주는 이 막사이사이상의 관리 위원들이 장기려의 인술이 사실인가를 알아보기 위해 우리나라에 와서 조사하고 돌아갔던 것이다. 기려는 기차 속에서 수상 소식을 듣고는 깜짝 놀랐다. 자신이 이렇게 큰 상을 받을 자격이 있는 일을 정말 한 것인가? 기차가 부산에 닿을 때까지 기려는 상이 주는 무거움으로 꼼짝할 수가 없었다.

기려는 이 상을 수상하고 돌아와 상금 전부를 청십자 의원의 의료 기구를 구입하는 데 내놓았다.

무의촌 의사 및 의료 시설이 없는 곳.
라몬 막사이사이상 비행기 사고로 사망한 필리핀의 대통령 라몬 막사이사이의 품격과 공적을 추모하고 기념하기 위하여 설치된 국제적인 상.
인술 사람을 살리는 어진 기술이라는 뜻.

"이것은 내가 받아 온 것일 뿐, 나를 도와준 사람들의 상이니 더 많은 사람들이 골고루 이 상금을 쓰도록 합시다."

그 후 호암 사회 봉사상의 상금도 장기려는 이렇게 사회에 내놓았다. 그를 아는 사람들은 이렇게 말한다.

'돈과 명예 같은 것에는 전혀 관심이 없고 오직 평화만을 생각하는 사람.'

이 말 앞에는 모두 고개를 끄덕이지 않을 수 없다.

어린이의 흔적을 가진 노인

오늘도 청십자 의원에 출근하려고 거울 앞에 선 기려는 검버섯이 돋아난 얼굴을 가만히 들여다본다. 그리고 오른쪽 눈썹 속에 숨어 있는 흉터 하나를 비밀스럽게 가려낸다. 이 흉터를 가리켜 기려는 '어린이의 흔적'이라고 혼자 이름 지어 부른다.

기려가 4세 때였다. 집으로 놀러 오신 아버지의 친구 분이 장난삼아,

"저 녀석 잡아라."

하시며 두 팔을 벌리고 오자, 기려는 잡히지 않으려고 달아나다 놋쇠 화로에 엎어져 생긴 상처였다.

기려는 이 상처를 볼 때마다 어린이같이 욕심 없는 마음으로 살아가라는 표시라고 생각했다. 그래서인지 기려에게는 집이 없다. 이 세상에 '장기려'라는 문패 달린 집을 가지기보다는 하늘나라에 그의 집을 가지는 것이 더 중요하다고 생각한 때문이었다.

기려에게는 어린이의 흔적이 하나 더 있다. 82세의 나이를 비켜 간 맑은 목소리가 그것이다. 오전 진료가 끝나면 그의 원장실엔 오르간 연주를 잘하는 간호사가 악보를 들고 온다.

"원장님, 노래하시겠어요?"

"좋지요."

그는 간호사의 반주에 맞춰 노래를 곧잘 부른다. 찬송가, 가곡, 동요, 그리고 아내에게서 배운 노래들을 부르는 것은 기려에게 행복한 시간의 하나이다. 기려의 노랫소리는 가끔 병실에까지 들려올 때가 있어 환자들의 얼굴에 흐뭇한 미소를 돌게 한다.

노래를 끝낸 어느 날 오후, 환자복을 입은 아이 하나가 찾아왔다.

"할아버지, 많은 사람을 낫게 하시고, 가난한 사람들을 도와주신 할아버지 손을 잡아 보고 싶어요. 저도 커서 할아버지 같은 약손을 가진 의사가 되고 싶거든요."

꼬마의 말에 기려는 손을 펴 보이며 웃었다.

"내 손이 약손이라니 고맙구나. 그러면 내 손뿐만 아니라 의사의 손은 모두 약손이겠구나."

"어떻게 하면 할아버지 같은 의사가 될 수 있어요?"

"나는 하나님에게 한 약속을 지키려고 애쓴 것뿐이란다. 의사가 되면 가난한 사람들을 위해서 일하겠다고 약속을 했거든."

"그럼 할아버지 손은 약속을 지킨 약손도 되는군요."

"하하하, 네 말이 그럴 듯하구나. 그래, 그렇게 생각해 주어 정말 고맙다."

눈썹 속의 상처를 어린이처럼 살라는 표시라고 믿고 사는 여든둘의 할아버지 장기려는 '나의 세계는 내가 사랑하는 것 속에 있다.'고 언제나 말한다. 장기려가 말하는 그의 세계를 보려면 어린이 같은 맑은 눈과 맑은 마음이 있어야만 한다. 그가 날마다 만들어 내는 수많은 사랑의 빛살들이 가는 곳, 거기가 바로 장기려의 세계이다. ⊛

의사가 되고 싶다는 이들을 종종 만나게 됩니다. 그런데 그들 중의 많은 이들이 의사가 되고 싶은 이유가 "돈을 많이 벌기 위해서."라고 답하곤 합니다.

의사는 다른 이에게 도움을 줄 수 있는 고마운 능력을 가진 이라고 생각했던 장기려 선생님이라면 이런 이야기를 들었을 때 "음……. 글쎄, 그건?" 하고 의아한 표정을 지으시지 않을까요?

자기 병원의 환자가 돈이 없어 퇴원을 못하고 있자 뒷문을 열어 주고 어서 도망가라며 차비까지 쥐어주는 의사, 남들이 가까이 가기조차 꺼려하는 행려병자라도 기꺼이 먼저 다가가 치려해 주는 의사, 기왕이면 이런 의사 되기를 꿈으로 가져 보면 어떨까요. 돈보다도 명예보다도 더 반짝이는 삶의 기쁨을 누리고, 다른 사람들까지 그 기쁨과 감동으로 물들이는 그런 삶을 꿈꾸어 보면 어떨까요.

생각의 마중물

여러분은 어떤 미래를 그리고 있나요? 그 미래는 다른 사람들에게, 그리고 여러분 자신에게 가치 있는 것인가요?

내가 그리는 미래는

할 것이다.

그 미래는

에게 가치 있다.

살아 있는 한
다시 올 수 있다

엄홍길

1998년 봄, 다시 찾은 안나푸르나는 단단하게 쌓인 눈과 얼음과 강풍으로 처음부터 원정대를 곤란하게 했다. 나에게는 벌써 네 번째 도전이었다. 세 번의 실패를 통해서 나는 새삼 대자연의 위대함을 실감했다. 자연 앞에서 인간은 얼마나 나약한 존재인가?

본격적인 등반에 앞서 베이스캠프에서 '등정 성공과 대원들의 안전'을 기원하는 제사를 지낼 때, 나는 거듭 머리를 조아리며 몸과 마음을 한없이 낮추었다. 대자연의 품 안에서 인간이 할 수 있는 일이란 고작 자신의 몸과 마음을 깨끗이 하는 것뿐이다. 나는 제단에 피어오르는 향불 연기를 오랫동안 바라보며 그렇게 생각했다.

제4캠프를 향해 오르는 경사 60도가량의 눈 비탈이 나타나자 뒤에 따르던 다와(Dawa)가 앞장섰다. 이번 등반을 함께한 다와는 순박하고 믿음직한 우두머리 셰르파였다. 다와는 로프의 끝을 허리에 묶고 마지막 캠프를 향해 걸음을 옮겼다. 얼마간의 거리를 두고 나는 다와의 뒤를 따랐다.

'이대로 가면 내일쯤 틀림없이 정상에 설 것이다. 한 손에 태극기를 붙잡고 베이스캠프로 기쁜 소속을 알릴 수 있을 것이다.'

정상을 무심코 올려다보았을 때, 선두의 다와가 눈에 들어왔다. 다와는 무슨 까닭인지 제자리에서 멈칫거리고 있었다.

"무슨 일이야?"

"크레바스! 크레바스!"

안나푸르나 네팔 히말라야 중앙부에 있으며, 고봉이 10개나 된다. 최고봉의 높이는 8,091미터.
베이스캠프 등산이나 탐험을 할 때에 근거지로 삼는 고정 천막.
등정 산 따위의 꼭대기에 오름.
셰르파 네팔 동부 히말라야 산속에 살고 있는 티베트계의 한 종족. 히말라야 등산대의 짐을 나르고 길을 안내하는 인부로서 유명함.
크레바스 빙하의 표면에 생긴 깊은 균열.

다와를 향해 조심해서 건너보라고 외쳤다. 다와는 건너뛰기가 만만찮다고 전해 왔다. 나는 주춤거리고 있는 다와에게 그냥 내려오라고 소리쳤다.

다와가 몸을 뒤로 돌렸다. 한 발자국 내딛는가 싶더니 다와의 몸이 기우뚱했다. 얼음 비탈에 아이젠을 잘못 디뎌 몸의 균형을 잃은 듯했다. 다와는 몸의 중심을 못 잡고 미끄러지더니 눈 비탈로 떨어지기 시작했다. 눈 비탈 아래는 낭떠러지이고, 다와의 허리에 묶여 있는 로프는 일직선으로 곧게 올라가 있는 상태였다. 정신없이 눈 비탈을 구르는 다와의 몸을 따라서 로프가 부채꼴 모양으로 움직였다. 공교롭게도 로프는 아래쪽의 또 다른 셰르파를 후려쳤다. 그 셰르파 역시 로프에 휘감겨 눈 비탈을 굴렀다. 로프는 내 앞으로 다가오고 있었다.

'로프를 잡아야 할 것인가? 로프를 잡는다면 내 몸은 틀림없이 그들과 함께 낭떠러지로 처박힐 것이다. 눈 비탈 아래로 구르면서 가속도가 붙은 두 사람의 몸무게를 내가 감당해 낼 수 있을까?'

로프는 빠른 속도로 내 앞을 지나가고 있었다. 순식간에 로프를 움켜쥐었다. 장갑 낀 손안을 빠져 나가는 로프의 마찰력이 느껴졌다. 뜨거운 기운이 전달돼 왔다. 손바닥이 타들어 가는 듯했다.

로프를 쥔 손에 힘을 주었다. 로프가 팽팽해지는 느낌이었다. 내 몸이 팽팽한 로프를 따라 움직였다. 하지만 몸은 곧 두 셰르파의 몸무게를 이기지 못하고 눈 비탈을 구르기 시작했다. 한참을 떨어지는 듯했다. 가족, 친구, 동료들의 얼굴이 하나둘씩 나타나며 소리쳤다.

"정신 차려!"

아이젠 등산에 쓰는 용구. 얼음 따위에 미끄러지지 않도록 덧신음.

어느 순간 얼음 턱에 내 몸이 세게 부딪혔고, 모든 움직임이 멈추었다. 고요했다. 눈앞에는 희뿌연 것뿐이었다. 구름 위에 둥실둥실 떠 있는 것같이 몸이 한없이 가벼웠다. 바람을 따라 이리저리 흔들렸다.

살아 있는 것일까? 양손에는 여전히 로프가 쥐어져 있었다. 로프를 놓고 팔을 움직여 보았다. 괜찮았다. 얼핏 다와와 로프에 감겼던 셰르파의 모습이 눈에 들어왔다. 내가 앉은 곳에서 20여 미터쯤 떨어진 낭떠러지 쪽이었다. 두 사람은 눈을 털며 일어서고 있었다.

'살았구나! 나도 살고 저들도 살았구나!'

나는 곧 밀어닥친 고통을 짐작조차 못하고 그렇게 중얼거렸다.

"내 다리! 내 다리! 으아악!"

몸을 일으키려는 순간 목구멍에서 비명이 터져 나왔다. 참을 수 없는 통증이 온몸을 휘감았다. 고통스러운 울부짖음에 대원과 셰르파 들이 달려왔다. 나는 비명과 함께 눈구덩이에서 나뒹굴었다.

"다리가……, 오른쪽 다리가 어떻게 된 거야?"

나는 반쯤 정신이 나간 상태에서 소리를 질러 댔다.

"다리를 움직일 수 없어."

일행들이 두 손으로 움켜쥔 부위를 살피는 듯했다.

"어, 다리가 왜 이렇지요? 발이 뒤로 돌아가 있어요!"

과연 오른쪽 발이 바깥쪽으로 완전히 꺾여 있었다. 다리에 힘을 줘도 반응이 없었다.

"어떻게 좀 해 봐."

한 셰르파가 다리를 붙잡고 발목을 잡아당겼다가 비틀었다. 견뎌 낼 수 없는 시간들이 무겁고 더디게 어긋난 뼈와 뼈 사이로 흘렀다. 마침내 뒤로 젖혀졌던 오른발이 왼발과 나란히 앞으로 왔다. 어긋난 발목을 고정시킬 부목이 필요했다. 길 찾기 표식으로 쓸 대나무가 부목을 대신했다. 50센티미터 길이로 자른 대나무 여섯 조각을 발목 주위에 대고 테이프 슬링과 로프를 잘라 발목을 단단히 감았다.

이제 산을 내려갈 일이 걱정이었다. 가능한 한 빨리 하산하지 않으면 목숨마저도 장담할 수 없었다. 밤만 되면 고산 지대는 영하 20~30도를 오르내렸다. 잘못하다가는 동상에 걸릴 것이다. 실제로 동상에 걸려 두 번씩이나 발가락을 잘라 내지 않았던가. 그때는 그나마 발가락이었지만 지금은 발목이다.

살기 위해서는 무조건 베이스캠프까지 내려가야 했다. 그래야 치료든 후송이든 가능했다. 베이스캠프까지는 아무리 빨라도 2박 3일이 걸린다. 그것도 멀쩡한 두 다리로 걸어서 내려갈 때 걸리는 시간이다. 궂은 날씨를 만나거나 위험 지대에서 머뭇거린다면 하산은 그보다 오래 걸릴 것이다.

구조대가 올라온다고 해도 마찬가지였다. 한쪽 다리를 쓸 수 없는 부상자와 동행하며 3,000여 미터에 이르는 암벽과 빙벽 지대를 뚫고 내려간다는 것은 쉽지 않다. 그렇다고 헬기를 부를 수도 없다. 헬기는 고도 5,700미터 이상을 날아오르지 못한다. 공기가 희박한 탓에 프로펠러가 돌아가지 않기 때문이다. 헬기가 착륙할 수 있는 장소는 베이스캠프가 고작이었다.

결국 이곳을 벗어나는 방법은 단 한 가지이다. 스스로의 힘으로 베이스캠프까지 내려가는 것이다. 일행들의 도움을 받을 수 있겠지만

부목. 덧대 아픈 팔다리를 고정하기 위하여 일시적으로 대는 나무.
표식 무엇을 나타내 보이는 일정한 방식.
테이프 슬링 등산용으로 끈의 일종.
빙벽 얼음이나 눈에 덮인 낭떠러지.

어디까지나 평탄한 지대를 통과할 때뿐이다. 암벽과 빙벽 구간이나 크레바스 지역은 혼자서 갈 수밖에 없다.

우선 정신을 가다듬고 무전기로 베이스캠프를 불렀다. 원정 대장의 익숙한 목소리가 흘러나왔다. 억눌렀던 울음이 목울대를 타고 넘어왔다. 베이스캠프에서는 적잖이 당황한 듯했다. 당시 베이스캠프에서는 모두 내가 살아남지 못하리라고 판단했다고 한다. 중상을 입은 상태로 7,700미터를 내려온다는 것이 불가능해 보였기 때문이다.

나 또한 생존 귀환을 확신하지 못했다. 상황은 절박했지만 누군가가 내게 도움을 줄 수도, 내가 도움을 요청할 수도 없었다. 살 수 있다는 희망은 없었지만 살아야 한다는 의지를 붙잡고 나는 한 발로 일어섰다.

'가야 한다. 불가능은 없다.'

통증이 몸 안에서 꿈틀거릴 때마다 나는 나 자신을 다그쳤다. 그러나 불안하게 바닥을 딛고 서 있는 왼발은 내 몸을 지탱하지 못했다. 한 발 내딛는 것조차 버거웠다. 나는 곧 주저앉아서 눈 비탈을 미끄러져 내려갔다. 경사진 곳을 만나면 두 팔을 바닥에 대고 눈 덮인 얼음 위를 엉금엉금 기어 나갔다.

구르고 기어서 내려오기를 얼마나 했을까. 일몰이 안나푸르나를 붉게 적시기 시작했다. 빠르게 어둠이 깔렸다. 어둠 속에서도 제3캠프가 있는 곳까지 필사적으로 움직였다. 온몸의 감각이 없어졌다고 느꼈을 때 제3캠프에 겨우 머리를 들이밀 수 있었다.

목울대 울대뼈나 목청을 이르는 말.
일몰 해가 짐.

밤 11시 30분경이었다. 부상당한 발목이 축구공처럼 부풀어 올랐다. 지친 몸을 드러눕히자 발목이 욱신거리면서 견딜 수 없는 통증이 밀려왔다. 비명이 제3캠프를 뒤흔들었다. 제발 살려 달라고, 살아서 돌아가게 해 달라고, 꿈을 이룰 수 있게 해 달라고 울부짖었다.

날이 밝기 시작했다. 간밤에 사라졌던 길도 서서히 모습을 드러냈다. 가야할 길이 내 앞에 놓여 있었다. '살아 있는 한 살 수 있다.'는 희망을 붙들고 오른쪽 다리의 절망을 왼쪽 다리의 희망에 실었다. 다시 바닥에 엎드려 빙벽에 설치된 고정 로프에 간신히 매달렸다. 발자국을 내며 올라온 힘겨웠던 길이, 아슬아슬한 생사의 갈림길이 내 앞으로 다가왔다.

제2캠프와 이어진 경계선은 흐릿하게 출렁거리며 끝이 보이지 않았다. 보이지 않는 끝을 향해서 나는 쉼 없이 두 팔을 움직였다. 때론 길이 나를 끌고 가는 것인지, 내가 길을 밀고 나가는 것인지 알 수 없었다. 길은 멀었고, 기어가는 동안 몸 안의 기운은 다했다.

어둠이 깔린 전진 캠프까지 내려와서 나는 기절한 듯이 쓰러졌다. 손가락 하나 까딱하기 귀찮을 정도였다. 또다시 악몽의 시간들이 오른쪽 다리의 통증과 더불어 나를 기습해 왔다. 통증이 밀려올 때마다 비명이 터져 나왔다.

새벽이 오자, 피로와 통증을 떨치며 나는 또 길을 나섰다. 그때 로프를 잡지만 않았어도 이런 일은 없었을 거라는 어리석은 생각마저 들었다.

'추락하는 두 셰르파를 구하지 않았다면 마음의 짐을 벗어 버리지 못하고 죽을 때까지 괴로웠을 것이다. 비록 두 발로 온전하게 걸어 다

전진 캠프 근거지에서부터 정상에 이르는 사이 간격마다 순차적으로 설치하는 소규모의 캠프.

니지 못하게 될지라도, 살아 있는 한 다시 산에 오를 수 있을 것이다.'

나는 애써 자신을 위로했다. 그렇게 생사의 마지막 경계선을 넘고, 나는 마침내 초주검이 되어 가까스로 베이스캠프 근처까지 갈 수 있었다. 72시간에 걸친 '죽음으로부터의 대탈출'이 막을 내린 것이다.

1999년 4월 29일 오후 12시 30분, 나는 다섯 번째 도전 만에 드디어 안나푸르나의 정상을 밟았다. 이 순간을 얼마나 고대했던가. 마음속에서 참았던 눈물이 터져 나왔다.

왜 산에 오르는가? 내려올 것이면서 왜 목숨을 걸고 산에 오르는가? 산을 오른다는 것은 산속으로 들어가는 것이다. 산속으로 들어가면서 산을 알게 되고, 배우게 되고, 또 이해하게 된다. 안나푸르나는 정상을 앞두고 자만에 빠져서는 안 된다는 것을, 정상에 올랐다는 결과보다는 정상에 오르는 과정이 중요함을 알려 주었다. 안나푸르나에 오르면서 나는 거대한 존재 앞에서 고개 숙일 줄 알게 되었고, 평온과 겸허를 배울 수 있었다. 🐧

초주검 두들겨 맞거나 병이 깊어서 거의 다 죽게 된 상태. 또는 피곤에 지쳐서 꼼짝을 할 수 없게 된 상태.
겸허 스스로 자신을 낮추고 비우는 태도가 있음.

스스로 극한의 상황에 자기를 던지는 사람들이 있습니다. 아마도 그들이 찾고 싶은 것은 그 극한에서 한 걸음 더 나아갈 수 있는 자기 능력의 새로운 경지, 또는 그 한계의 정점에서 맞부딪치게 되는 진정한 자신의 모습일 것입니다.

망설이던 끝에 셰르파들을 위해 로프를 잡을 줄 아는 인간의 마음을, 부러진 다리를 끌고 72시간의 사투 끝에 산을 내려온 그 끈기와 의지를, 이 글을 쓴 이는 감격적으로 확인했을 것입니다. 그러고 나서 얻은 것은 평온과 겸허.

어쩌면 사람들은 정상을 밟기 위해서가 아니라 대자연과 뜨겁게 만나기 위해, 자신의 한계와 극적으로 만나기 위해 산에 오르는 모양입니다.

더는 견딜 수 없다고 생각했다가, 결국 그 순간을 견뎌 낸 경험이 있나요? 중간에 포기해 버린 경험도 좋습니다. 여러분의 경험에 대해 이야기해 봅시다.

피리 부는 노인

류시화

"집에는 아이들이 다섯이나 있습니다. 먹을 것는 없고, 아내는 작년에 죽었지요."

피리 하나만 팔아달라고 통사정을 하면서 노인은 가정 사정을 늘어놓았다. 어딜 가나 듣는 얘기였다. 워낙 인도의 피리 음악을 좋아하는 나이기에 잠깐 기웃거렸을 뿐이지 사실 그가 가진 형편없는 대나무 피리들을 살 생각은 조금도 없었다. 그는 내가 관심을 보이자 필사적으로 달라붙었다.

"훌륭한 물건입니다. 인도의 어딜 가도 이런 진짜배기 피리들을 구하긴 어렵지요. 싸게 해드릴 테니 제 사정 좀 봐주세요. 막내아이가 열병에 걸려 사경을 헤매고 있답니다."

나는 그가 하는 거짓말을 다 알고 있다는 듯 그의 얼굴을 바라보며 물었다.

"집세도 못 내서 쫓겨났겠군요."

그러자 노인은 깜짝 놀라는 시늉을 하며 말했다.

"아니, 어떻게 그걸 아십니까? 우리 식구는 완전히 거리에 나앉았답니다. 그러니 적선하는 셈치고 하나만 팔아 주세요."

내가 다시 말했다.

"물론 일주일 동안 한 개도 못 팔았겠죠?"

노인은 말했다.

"맞습니다. 사실 이 피리들이 좋은 것이긴 해도 누가 사줘야 말이죠. 솔직히 말해 당신처럼 히피 같은 사람들이 아니면 누가 인도 피

사경 죽을 지경. 또는 죽음에 임박한 경지.
히피 기성의 가치관·제도·사회적 관습을 부정하고, 인간성의 회복·자연과의 직접적인 교감 따위를 주장하며 자유로운 생활 양식을 추구하는 젊은이들. 1960년대 후반부터 미국을 중심으로 생겨나 전 세계로 퍼졌다.
적선 동냥질에 응하는 일을 좋게 이르는 말.

리 따위를 사려고 하겠습니까?"

노인은 말을 마치고 나서 내 환심을 사려고 피리 하나를 꺼내더니 휘영청 불어재끼기 시작했다. 피리 장사를 오래 한 때문이지 피리 솜씨는 더없이 훌륭했다. 더구나 갠지스 강의 낙조를 배경으로 허공에 솟구치는 피리 곡조를 들으니 감동이 더했다. 피리 한 개를 팔려고 상투적인 거짓말을 하는 것이 틀림없긴 했으나, 피리를 부는 모습은 더없이 진지하고 감동적이었다.

나는 그동안 인도 여행 때마다 피리 한두 자루를 꼭 사들고 돌아오곤 했었다. 하지만 막상 사 갖고 온 피리들은 번번이 너무 형편없어서 제대로 소리조차 나지 않았다. 파는 사람만 멋들어진 곡조를 낼 수 있을 뿐 나 같은 아마추어는 흉내 내기도 어려웠다.

나는 또다시 쓸모없는 피리를 사고 싶지 않아서 노인에게 10루피 (300원) 정도 적선하고 자라를 뜰 생각이었다. 그런데 주머니에서 10루피짜리를 꺼낸다는 것이 그만 덜렁 100루피짜리 종이돈이 나오고 말았다. 내가 아차 하는 사이에 100루피는 노인의 재빠른 손 안으로 들어가 버렸다.

노인은 종이돈을 꽉 움켜쥔 손을 합장을 하고서 머리가 땅에 닿도록 절을 했다.

"아 이런 고마우실 데가! 신께서 틀림없이 당신을 기억하실 겁니다. 나 또한 영원히 당신을 잊지 않겠습니다."

그리고는 연신 합장한 손을 이마 위로 가져가는 것이었다. 이미 때는 늦어서 돌려 달랠 수도 없는 일이었다. 나는 맥없이 100루피를 빼앗긴 터라 속이 쓰렸지만 내색할 수도 없고 해서 억지로 자비스런 미

낙조 저녁에 지는 햇빛.

소를 지으며 돌아섰다. 더 손해를 보기 전에 자리를 뜨는 게 상책이었다.

노인은 몇 걸음 더 쫓아오며 감사 표시를 하다가 내가 그만 됐다고 손짓을 하자 마지막으로 합장을 하고는 작별의 손을 흔들었다. 노인으로서는 뜻밖에 횡재를 한 셈이었다.

숙소로 돌아온 나는 할 일도 없고 해서 일찌감치 잠자리에 들었다. 그리고 새벽녘이 됐는데, 난데없이 피리 소리 하나가 내 잠 속을 파고들었다. 나는 아직 잠이 덜 깬 의식으로, 이 피리 소리가 꿈속에서 들리는 건지 창밖에서 들리는 건지 몰라 한참을 그냥 침대 위에 엎드려 있었다.

그것은 창밖에서 들려오고 있었다. 눈을 부비며 창문을 열자 베란다 밑에 어제의 그 노인이 피리를 불며 서 있었다. 나를 보더니 그는 손을 흔들어 보이고는 얼른 또다시 피리를 불기 시작했다. 가락이 긴, 아침에 듣는 인도 전통의 라가 곡이었다.

나는 순간 기가 막혀서 창문을 도로 닫았다. 어제 100루피를 빼앗아가더니 이제는 이른 아침부터 찾아와서 흥정을 붙이고 있었다. 그래서는 금방 쪼개져 버릴 피리를 떠넘기고 또다시 거금을 우려낼 계획이었다. 나는 고약한 노인네 때문에 잠이 확 달아나 버렸다.

창문을 닫은 뒤에도 피리 소리는 멎지 않았다. 하는 수작은 미워도 피리 부는 솜씨는 역시 보통이 아니었다. 나는 조용히 타일러서 보낼 생각으로 주섬주섬 옷을 입고 밖으로 나왔다. 노인은 합장을

상책 가장 좋은 대책이나 방책.
라가 인도 음악의 선율 전개 방식. 같은 음계 구성 음으로 여러 종류가 만들어지며, 그 하나하나가 여러 선율을 만든다.
흥정 물건을 사거나 팔기 위하여 품질이나 가격 따위를 의논함.

하며 내게 아침 인사를 했다. 나는 들은 척도 하지 않고 근엄한 표정을 말했다.

"이보시오. 어제 그만큼 돈을 줬으면 됐지 왜 또 와서 이러는 거요? 난 분명히 말하지만 피리를 살 생각이 없어요. 그러니 어서 가시오."

그러자 노인이 말했다.

"아닙니다. 그게 아니에요."

나는 더 엄숙하게 소리쳤다.

"아니긴 뭐가 아녜요? 어서 가세요. 더 이상 내게서 뭘 뜯어낼 생각일랑 하지 마시오."

노인이 말했다.

"그게 아닙니다. 난 당신이 이곳에 머무는 동안 아침마다 당신의 방 앞에 와서 피리를 불어주기로 했습니다. 당신이 내게 도움을 주었으니까요. 난 그것 말고는 당신한테 해 줄 것이 없거든요."

노인의 진지한 표정을 보고서 순간 난 내가 큰 실수를 했음을 깨달았다. 노인은 거짓말을 하고 있는 게 아니었다. 그리고 돈을 더 우려내려고 찾아온 것도 아니었다. 그는 단순히 내가 준 돈에 고마움을 느껴 뭔가 보답을 하려고 찾아온 것이었다.

노인의 말은 진심이었다. 그것은 곧 밝혀졌다. 그는 내가 그 갠지스 강가에 머무는 닷새 동안 하루도 빠짐없이 아침마다 내 방 앞에 와서 삐릴리삐릴리 피리를 불었다. 피리 소리에 잠이 깨어 창문을 열면 미명을 헤치고 갠지스 강 위로 오렌지색 태양이 떠오르고 있었다. 노인이 불어주는 피리 곡 때문에 나는 날마다 새롭고, 뭔가 다른 하루를 맞이할 수 있었다.

마음이 내키지도 않은 상태에서 100루피, 약 3천 원 정도를 적선

한 덕분에 나는 뜻하지 않은 선물을 받았다. 노인은 내게 작은 베풂에도 보답하는 자세를 가르쳤고, 가난하지만 아직은 부유함을 잃지 않은 마음을 전해주었다.

그 노인 덕분에 나는 지금도 잘난 체하며 말한다. 나처럼 인도여행을 멋지게 한 사람이 누가 있겠느냐고. 어떤 국가 원수가 인도를 방문했을 때 과연 아침마다 누군가가 와서 환상적인 피리 소리로 잠을 깨워 주었겠느냐고. 내가 알기로 인도 역사상 그런 일은 한 번도 없었다. ⏣

　몇 푼의 돈으로 계산할 수 없는 부유한 마음을 '피리 부는 노인'은 가지고 있었던 것이지요. 아마도 이런 사람들이 있기에 '인도'라는 나라는 끊임없이 많은 사람들로부터 사랑을 받는 매혹적인 세계로 기억되는 모양입니다.

이 글의 내용을 만화로 표현해 봅시다. 아침 피리 소리를 들었을 때 '나(화자)'의 마음과 피리 부는 노인의 생각을 만화 속 '말풍선'으로 표현해 봅시다.

다른 삶과 만나 나의 삶이 변화하다

나와 당신과 그들은 서로 분리된 존재인 듯싶지만 실은 아주 긴밀하게 엮여 있습니다. 먼 과거의 그가 우리에게, 또는 아주 가까운 이웃인 그녀가 우리에게 커다란 변화를 가져다주기도 합니다. 우리의 삶은 다른 이의 삶과 만나 분주히 화학 반응을 일으킵니다. 여러분이 만난 사람들 가운데 여러분을 변화시킨 사람이 있었나요? 그 사람에 대한 이야기를 글로 써 봅시다.

내가 고른 글감 :

제목 :

감동을 만나다
아름다움을
만나다

수필도 역시 문학 작품. 읽는 이의 마음에 감동과 아름다움과 만나는 즐거움을 전해 주지요. 분명 일상의 경험을 이야기하는 것이지만, 문학 작품으로서의 수필은 그것을 가지런히 매만져 새로운 질서를 만들어 냅니다. 그리하여 수필 읽기는 우리에게 세상을 보는 또다른 눈을 갖게 하기도 합니다. 마음이 부르르 떨리는 체험, 글 속에 푹 젖어드는 행복한 경험을 하게 해 주기도 하고요.

수필은 각각의 독특한 분위기와 정서를 지닙니다. 작품을 읽었을 때 전체적으로 느껴지는 분위기가 있게 마련인데, 이 분위기를 잘 파악하는 능력은 일상 생활에서뿐 아니라 수필 읽기에서도 아주 요긴하답니다. 또 작품 안에서 문학적으로 잘 정돈된 감정을 정서라고 하는데, 이 정서를 잘 파악했다면 그 작품을 아주 훌륭하게 잘 읽어냈다고 할 수 있습니다.

문학은 공감하고 젖어드는 것. 그래서 문학 작품과 함께 기뻐하고 슬퍼하고 즐거워하며 고민하는 것. 그런 즐거움을 늘상 만날 수 있는 사람은 행복한 사람!

딱새, 살구, 흰 구름, 아이들, 나

김용택

오늘 날씨가 참 좋다. 하늘에는 오랜만에 뭉게구름이 피어올랐다. 뭉게구름을 본 지도 참 오래된 것 같다. 햇살이 맑아서 앞산이 오랜만에 훤히 들여다보인다.

학교 교실 창가에 앉아 운동장을 바라본다. 아이들이 투명한 햇살이 쏟아진 운동장에서 공을 따라 신이 나게 뛰어논다. 아이들은 뜨겁지도, 덥지도 않은가 보다. 아이들은 늘 저렇게 정신이 없이 논다. 아이들이 공을 따라다니는 것을 오래 바라보다가 강 건너 마을을 바라본다.

밭에는 고추들이 무성하게 자라고 있다. 아직 아무것도 갈지 않은 밭 흙은 빨갛다. 황토색 땅은 늘 우리들에게 무엇인가 아득함을 준다.

어느 해였던가, 김제 만경 뻘건 황토밭에 파란 무들이 자라는 모습을 보고 그 대비되는 붉은색과 파란색을 지금도 잊을 수 없다.

봄날 마을에 하얗게 피었던 살구나무에는 살구가 노랗게 달렸겠지. 뒷산 밭 가에 심은 매실은 벌써 땄겠지. 사람들은 익기 전의 매실이 몸에 좋다고 매실이 노랗게 익기도 전에 모두 따 버린다.

산 위로 하얀 구름이 둥둥 떠가고, 구름 사이로 보이는 하늘은 파랗다. 파란 하늘을 바라보는 것은 즐거운 일이다. 하늘이 파란 것은 우리 삶이 아직 저렇게 맑다는 증거도 되리라.

아이들 소리가 낭랑하게 들린다. 아이들 떠드는 소리 속에 벌써 매미 우는 소리가 들린다. 벌써 매미가 나왔는가. '참, 세월이 빠르기도 하지.' 하며 창틀에 턱을 고이고 편안하게 밖을 바라보는데 어디선가 귀에 익은 새 소리가 희미하게 들린다. "딱새다!" 나는 혼자 큰 소리로 외친다. 어? 그때였다. 작은 딱새 한 마리가 작은 살구나무 가지 사이로 포로롱 날아온다.

살구 몇 개가 노랗게 익어 있다. 살구가 너무 높은 데 있어서 아이들이 다 따 먹지 못한 살구다. 살구나무 작은 가지에 날아와 앉은 새를 가만히 보니, 딱새 새끼다.

지난 봄 딱새 부부가 이층 지붕 아래 홈통에 집을 짓다가 어디로 가 버렸는데, 학교 어디에선가 다시 집을 짓고 새끼를 깐 모양이다.

호기심이 많은 아이들의 수많은 눈을 피해 새들이 학교에서 집을 짓고, 알을 낳고, 새끼를 기른다는 것은 참으로 힘들 일이다.

조금 있으니, 딱새 새끼들이 살구나무로 포롱포롱 날아든다. 딱새 새끼들은 암놈도 있고, 수놈도 있다. 암놈은 암놈대로 수놈은 수놈대로 앙증맞게 예쁘다.

새 이파리 같은 몸으로 새들은 날아다닌다. 얼마나 가벼운가. 나는 일이 얼마나 아름다운가. 딱새 새끼들이 금방 대여섯 마리 모였다.

그때 큰 딱새가 날아온다. 어미 새다. 어미 새가 날아와 가지에 앉아 울다 다른 나무로 날아가니까 새끼들도 한 마리, 두 마리 어미 새를 따라 날아간다.

풋살구색을 가진 딱새 새끼들이 나는 것을 바라보는 내 얼굴이 행복해 보일 거라는 생각으로 나는 행복하다. 내 얼굴에는 아마 세상에서 제일 평화롭고 아름다운 미소가 그려져 있겠지.

딱새들은 이 나무에서 저 나무로 날아다닌다. 그렇구나! 딱새들이 날기 연습을 하는구나. 딱새들이 다시 키가 작은 단풍나무 사이로 날아간다. 단풍나무 작은 이파리들이 흔들린다. 단풍잎이 부딪히는 소리가 오소소 들리는 것 같다.

단풍나무 실가지에 앉아 딱새들은 해맑은 소리로 운다. 세상에 나와 몇 번 울지 않은 그 해맑은 울음소리가 내 귓가를 맴돈다.

하얀 구름이 흘러간다. 하늘에서 구름이 만든 그늘이 산에 떨어져 산을 가리고 있다. 시원한 바람이 불어온다. 햇살이 살구나무 잎에 떨어져 반짝반짝 빛난다.

바람이 불면 살구나무 잎에 반짝이는 햇살이 땅으로 우수수 떨어질 것 같다. 어디선가 뻐꾹새도 울고, 꾀꼬리도 운다. 산은 푸르고 날은 맑다.

이런 날 나는 마음이 새털처럼 가볍다. 나도 저 딱새들처럼 살구나무 사이를 날아다니고 싶다. 나는 세상에 늘 새로 눈뜨는 첫눈이고 싶다. 🐦

흰 구름이 있습니다. 운동장에서는 아이들이 신나게 뛰어 놉니다. 살구나무 가지 사이로 풋살구색의 딱새들이 날기 연습을 합니다. 세상에 나와 몇 번 울지 않은 해맑은 울음입니다.

햇살은 반짝반짝 빛나고, 새가 울고, 산은 푸르고, 날은 맑습니다. 마음이 새털처럼 가벼운 날, 저 딱새들이 참 어여쁜 날.

'아, 행복해라.' 하는 말이 저절로 나올 것 같은 그런 순간입니다.

여러분은 어떤 순간에 행복한가요? '행복하다'고 기억되는 순간을 다른 이들도 느낄 수 있게끔 구체적으로 이야기해 봅시다.

나는

때 행복했다.

왜냐하면

때문이다.

외할매 생각

이상석

내 첫사랑은 우리 외할매다. 내가 이 세상에서 가장 사랑하는 사람도 우리 외할매다. 나는 비가 오는 날이거나 봄빛이 화사한 날이거나 겨울 저녁 쓸쓸하게 노을이 질 때도 할매 생각이 난다.

외할매는 젊은 나이에 홀로되셔서 딸 하나를 데리고 사셨다. 딸을 시집보내고 홀로 계시던 외할매는 외손자를 낳았다는 소식에 좋아서 부엌에 갔다가 방에 갔다가 빨랫감을 쥐었다 놓았다 정신이 없더란다. 젖을 떼고 제법 이 말 저 말로 어른들의 귀여운 노리개가 될 때부터 나는 외할매 손에서 자랐다.

네댓 살 때 일이 기억난다. 장날이면 할매는 일찍부터 받아 둔 빗물에 머리를 감고 아주까리기름을 발라 참빗으로 긴 머리채를 한 올도 빠짐없이 정성껏 빗어 내린다. 몇 번이고 긴 머리채를 노끈으로 불끈 묶고, 묶은 끈을 오종종한 이로 악문 채 쪽을 쪄 비녀를 찌른다. 그러고 나면 햇빛에 반짝거리는 머릿결이 하도 고와서 난 꼭 한 번씩 쓰다듬어 보았다.

"아이구, 내 강생이. 오늘 할매하고 장에 가재이. 햇살 달거든 읍내 가재이."

아, 그 겨울. 햇살이 들판에 가득한데 서리가 녹아 꼽꼽해진 땅을 밟고 나는 할매를 따라나섰다. 까치의 날렵한 날갯짓도 힘찼고 벼 그루터기만 남은 논에서 썰매를 지치는 아이들도 신났고 누런 코를 흘리면서 신명 나게 굴렁쇠를 돌리고 노는 애들도 즐거웠다. 시오 리가 넘는 읍내 길을 할매는 장 보퉁이를 이고 걸으셨다.

장터 귀서리에 전을 펴면 어느덧 해는 중천에 있고 색색의 내의들 위로 쏟아지는 햇살이 그렇게 포근할 수가 없었다. 아이들 내의는 색색 줄무늬가 쪼록쪼록하고 어른들 나일론 잠옷도 줄무늬였다. 나는 꼭 햇살이 빚어낸 무지개가 어른거리는 착각에 빠지기도 했다. 그러면 나는 그 포근한 햇살이 가득한 옷 위에 누워 디굴디굴 굴러 버린다.

"아이고, 이놈. 팔 옷에다가 이래 누우마 우짜노."

"할매. 한 번만 더 구불고 안 구부께."

할매는 손자가 살가워서 엉덩이를 토닥거리며,

"아이고, 내 강생이. 옥골선풍이다. 이 귀때기는 영판 저거 외할배구나."

장터를 돌아다니며 보는 풍경은 온통 잔치요 놀라움이었다. 무엇 하나 멈추어 있는 것이 없었다. 온 읍내가 살아서 펄떡거린다. 이글거리는 국밥집 가마솥, 건어물을 파는 아저씨의 걸걸한 목소리, 담뱃대·은장도·칼·망건·안경 주머니 같은 것을 파는 할아버지 모습, 대장간에서 쇠를 치는 깡마른 아저씨의 불끈거리는 팔뚝, 그리고 온통 왁자한 사람들 소리가 그렇게 신명 날 수가 없었다.

해가 뉘엿해지면 장 보퉁이를 챙겨 큰 것은 짐꾼에게 맡기고 작은 것은 할매가 인다. 나는 오늘도 딱지를 샀다. 꺼먼 복면에 어깨에 칼을 비껴 찬 그림이 있는 딱지다. 내가 방금 복면한 사나이가 된 듯 어깨가 들썩인다. 할매는 자반갈치 한 손, 김 한 톳을 사서 든다. 장터를 빠져나오면 햇살은 간곳없고, 벌써 땅거미가 지기 시작한 들판에는 썰렁한 바람이 가득하다. 그만 서글퍼진다. 생각난다. 들판과 하늘 사이의 아득한 공간은 회색빛 바람 속에 저물어 갔다. 지금도 저물어 가는 들판을 보면 나는 슬프다. 언 땅을 밟고 가노라면 고무신은 삐죽삐죽 벗겨지고 같이 가던 장꾼들도 이리저리 흩어지고 나면 해는 꼴깍 저물어 효자 비각이 으스스해진다.

"할매, 춥다. 업어 도."

옥골선풍 살빛이 희고 고결하여 신선과 같은 풍채.

"내 강생이가 얼매나 춥겠노. 온냐, 업혀라."

장 보퉁이를 이고도 나를 업은 채 할매는 잘도 걸으셨다.

"석아, 할매 팔이 아파 우짜꼬."

"할매, 쪼깨마 가다가 내리께."

포근한 할매 등에서 조속조속 졸다가 깜박 잠이 들었다 깨면 어느덧 동네 어귀에 들어서곤 했다.

깜깜한 방에 호롱불을 켜고 군불을 지피고 오랜만에 맛보는 갈치 반찬으로 늦은 시간 할매와 나는 머리 맞대고 저녁을 먹는다. 밥을 먹다가 문득 할매의 골 파인 얼굴을 보면 왠지 서글퍼지곤 했다.

할매가 혼자 장에 간 날에는 참 견디기 힘들었다. 아무도 없는 빈집, 마당 구석 두엄 더미를 헤치고 있는 닭 몇 마리, 앙상한 감나무, 먼지 낀 장독대, 휑한 부엌, 마루 끝에 드는 햇살……. 모두가 말이 없다. 텅 비었다. 너무나 조용하다. 슬프다. 가마솥에 안쳐 둔 고구마 몇 뿌리 내어다가 꾹꾹 씹어 삼킨다. 목이 막힌다. 침을 모아 목구멍으로 넘긴다. 침 넘어가는 소리. 지나가는 소달구지 요령 소리가 조용한 마루를 잠시 흔들었다가는 멀어진다. '할매는 언제 올란공' 집을 나와 동구가 내다뵈는 짚단 속에 파묻혀 할매를 기다린다. 저쪽 하늘에서 멍석을 말듯 까옥까옥 떼 지어 오는 갈까마귀 떼. 그렇게 까맣게 무리 지어 오는 갈까마귀를 고개가 아프도록 바라본다. 눈물이 난다.

코를 닦아 뻣뻣해진 소매로 눈물을 닦고 꼬챙이로 땅바닥에 내 이름도 써 보고 1, 2, 3, 4도 써 보고 언 손을 호호 불어 녹여도 보고. 그렇게 시간을 보내도 할매는 오지 않는다. '저 사람이 울 할맨가……' 하고 보면 아랫마을로 내려가고 '저 사람이 할매제……' 싶으면 감골 골짝으로 올라가고. 끝내는 "할매야……" 소리 한번 내어 보면 그만 목이 메어 목젖이 따갑게 내려앉곤 했다.

나이가 좀 들고부터는 할매가 머지않아 돌아가실 수도 있다 싶은 것이 나에겐 가장 큰 걱정거리였다.

"석아, 니는 커서 누하고 살래?"

"할매하고."

"아이다. 니는 니 각시하고 살아야지. 그때 되마 할매는 저으기 북망산에 가 있을 끼다……. 나무 관세음……."

"할매. 할매 아프마 내가 부산 큰 병원에 델꼬 갈 끼다. 내가 배도 사다 주께. 나는 할매하고만 살 거다."

나는 할매만 살릴 수 있다면 세상에서 가장 무서운 상두밭 골 공동묘지도 갈 수 있겠다고 생각했다. 죽으면 절대 안 된다. 안 되고말고.

할매와 나는 하나가 되어 갔다. 나도 애늙은이가 되어 버린 것이다. 할매가 없는 세상은 상상할 수가 없었다.

초등학교에 들 무렵 할매와 떨어져 부산으로 오지 않으면 안 되었다. 할매는 읍내가 내려다보이는 고갯마루까지 따라 나왔다. 마루에는 백 년도 넘은 당산나무 한 그루가 있었다. 이 나무 아래, 여름날 장에 갔다 올 때는 할매하고 하염없이 앉아 있었지. 당산나무 아래서 나는 발걸음을 뗄 수가 없었다. 데리고 가는 엄마도 울고, 바래다주는 할매도 울고, 끌려가는 나도 울었다.

"고마 가거라. 차 늦을라."

할매가 먼저 돌아섰다. '내가 여기를 떠나면 할매는 혼자 남는데……. 할매 혼자 그 빈집에서 우째 살꼬…….' 돌아다보니 할매는 도로 당산나무께로 와서 우리를 보고 계셨다. 돌아 돌아보며 부산으로 왔다.

할매가 떡 해 이고 우리 집에 오시는 날이 나에겐 가장 기쁜 날이다. 학교를 마치자마자 뒤도 안 보고 달려와서 할매 무릎에 엎어진다.

"할매, 이야기 하나 해 주까. 학교서 비았다."

"온냐. 내 새끼……. 이 귀때기는 영판 저거 외할배제……."

"할매. 언제 촌에 갈 거고?"

"와? 할매 있으이 귀찮나?"

"아이다, 아이다. 더 많이 있다가 가라꼬."

학교에서 달려와 보면 할매가 없다. "어디 갔노?" 가셨단다. 서운함이 북받쳐 그만 눈물이 쏟아진다. "오늘 안 간다 안 캤나." 엄마에게 패악을 부리며 이불을 뒤집어쓰고 하염없이 울었다. 엄마도 내 곁에 누워 같이 울었다.

중학교 2학년 때였다. 내일 수학여행을 간다고 들떠서 집으로 돌아오니 할매가 와 계신다. 난 수학여행을 포기했다. 사흘을 여행 갔다 오면 할매하고 있을 시간이 그만큼 준다. 방학도 아닌 때 온종일 할매하고 있는 게 얼마나 큰 횡재인데 여행을 가.

방학을 하면 다음 날 바로 할매한테 갔다. 떨어진 감을 소금물에 담가 삭혀 두고, 남새밭에 옥수수도 심어 두고 닭 한 마리 고아 먹일 거라고 지나는 장수에게 건삼 몇 뿌리도 사 두고 미숫가루도 해 두고. 할매는 오직 이 방학을 위해 아마 봄부터 준비를 하셨을 게다.

그러나 나이가 들면서는 친구들하고 있기가 좋아서 차츰 할매와 있는 시간이 줄었다. 그러다가도 비가 오거나 찬바람이 부는 날은 할매에게 편지를 썼다. 그 칠흑 같은 밤에 혼자 누워 빗소리 듣고 계실 할매를 생각하면 가슴이 에인다. 컴컴한 뒤란, 아래채 헛간에 처진 거미줄, 처마에서 떨어지는 하염없는 빗소리, 연기로 까맣게 그을린 부엌 천장, 시렁에 놓인 그릇 몇 개. 이런 것들이 하나하나 떠오르면 그것이 모두 눈물이 되었다. 그런 마음을 담아 편지를 썼다. 할매는 언제나 답장을 해 주셨다. 외할매는 글을 참 잘 썼다. 옛사람들이 쓰는 상투로 된 글귀는 하나도 없다. "석아, 보아라."로 시작하는 글은 늘 새로웠다.

내가 군에 가 있을 때다. 훈련병 시절엔 주소를 암호로 쓴다. 내가 있던 부대 주소는 '지리산 중대 낙타 소대'였다. 물론 맨 먼저 할매에게 편지를 썼다. 답이 왔다.

"아이고, 옥골선풍 내 손자야. 니가 지리산에 있다 하니 그기 무슨 일고. 낙타를 타고 다닌다니 그런 일도 다 있나……"

온 소대원이 배를 잡고 웃었다. 그래도 할매한테 편지 받는 사람은 나뿐이었다.

우리 집은 살림이 펴일 날이 없었다. 할머니 연세가 이젠 너무 많으신데도 집으로 모실 형편은 안 되고, 그래도 함께 있자고 하면 그 좁은 집에 사위와 있으면 서로가 불편해서 안 된다고 할매는 끝내 시골집에 있겠다고 하셨다. 빤한 사정에 어쩌지도 못하고 엄마만 속을 끓이고 살았을 거다.

내가 졸업을 하고 교편을 잡자 형편이 그나마 조금씩 풀리기 시작했다. 결혼도 했다. 그래도 할매를 모시지 못하고 이제나저제나 하고 있었다. 할매 말대로 각시하고만 사는 게 마음 아팠다.

하루는 밤 열두 시가 다 되었는데 고향에 계시는 큰아버지께서 황급히 들어서신다. 그것도 택시를 대절하여 달려오셨으니……

"석아, 차 타거라. 너희 외조모가 별세하셨지 싶다."

절벽으로 내던지는 말씀이다. 눈앞이 번쩍하더니 정신이 아뜩하다. 온몸에 빈틈없이 꽂히는 탱자 가시. 목이 탁 막혔다. 혀가 굳었다. 할매 할매……. 차가 부산을 벗어날 즈음에야 정신을 조금 차렸다. 엄마는 온몸이 굳은 채 말이 없다. 내가 할 수 있는 일은 온 정성을 다

해 비는 일뿐이었다.

"하느님, 내가 우리 할매를 얼마나 사랑하는지 하느님은 알 겁니다. 외할매에게 바친 사랑 중 진정 아닌 게 하나도 없었습니다. 이제 내가 할머님을 모실 때가 되었는데 이렇게 거두어 가신다면 이건 너무나 너무하신 일입니다. 천 보 만 보 양보해서 임종이라도 지켜보게 해 주이소. 아니, 아니. 단 하룻밤이라도 내 옆에 계실 수 있도록 해 주이소. 빕니다. 빕니다. 빕니다."

손을 모아 쥐고 지극 정성으로 기도를 할 수밖에 없었다.

"한 번만 살려 주이소……."

할매는 껌껌한 부엌에서 저녁밥을 해 들고 마루로 나오다가 그만 모로 쓰러지신 것이다. 누구 하나 보는 이 없는 집에서 축담에 쓰러져 죽음을 맞으신 것이다. 마침 앞집 신반댁이,

"못골댁이 밥이나 해 묵나 우짜노."

하고 들어서다가 할매가 넘어져 계신 것을 보고는

"아이구, 동네 사람들아. 못골댁이 죽는다. 아이구, 이 사람들아……."

동네 사람들이 모여들고 약국 사람 부르러 가고 수족을 주무르고 해도 입술은 새파래져 갔다는 것이다.

"이를 우짜노. 부산 있는 딸네 집에 기별해야 할 낀데. 누가 모르나?"

"딸네 집은 몰라도 사가가 저 건네 안 있나. 거기라도 기별해라."

"동식이가 오토바이 타고 좀 갔다 오너라."

약국에서 약사가 왔지만 눈 한 번 뒤집어 보고는 고개 절레절레 흔들고는 주사 한 대 주고 가 버렸다.

"내가 동식이 기별을 받고 바로 읍에 나와 택시로 왔다마는 졸도하

신 지가 대여섯 시간 지났으니……. 임종이라도 봐야 할 터인데……."

택시 안은 깊디깊은 바닷속이다. 자꾸 물속으로 가라앉는 것 같다. 차는 달리고 달려서 고향 마을로 들어선다.

할매와 타박타박 걸어서 읍내 장에 가던 길, 할매 등에 업혀 조속조속 졸며 가던 길, 할매와 헤어지며 울며 울며 뒤돌아보던 당산나무……. 덜컹거리던 차가 마을 어귀로 들어설 때는 그냥 거기서 멎었으면 싶었다. '이 일을 우짤꼬.' 동네 사람들이 마당 밖에까지 두런두런 모여 서 있다.

"아이고, 못골댁아. 그렇기 귀한 외손자 온다. 끌끌, 천하에 없는 외손자 온다."

마당으로 들어섰다. 사람들 사이로 들어서 보니, 아! 이게 웬일인가. 이게 꿈인가 생신가. 이게 어떻게 된 일인가.

할머니가, 할머니가 마루에 오도마니 앉아 계시지 않은가. 이불을 내어 싸 덮고. 신반댁이 홍시를 숟가락으로 떠먹이고 있었다.

"할매, 이기 우얀 일고……."

할매는 묵묵부답이었다. 그래도 이렇게 살아 숨 쉬고 계시지 않은가. 손도 따뜻하고 눈도 껌벅거리고 입도 달싹이지 않는가.

"동네 어르신들, 고맙습니더. 참말로 고맙습니더."

난 넙죽넙죽 절을 해 대었다. 눈물로 범벅이 되어…….

"쯧쯧. 저만 한 외손자 없지그리. 세상에 친손자라도 저럴라? 못골댁이 인자 한 없다. 외손자 왔으이 한 없다."

뒤에 안 얘기지만 동식이 그 사람이 큰댁으로 연락하러 간 뒤 동네가 왁자하자 어울댁 사랑에 와 있던 바깥손님이 뭐냐고 물었단다. 우리 동네 불쌍한 노인이 오늘 밤 명 끊는가 보오. 고혈압으로 쓰러졌다는데……. 어허, 그 안됐다. 바깥주인이면 내가 침이라도 찔러 볼 텐데……. 안주인이면 어떻소. 한번 찔러 보지요. 할머니의 머리와 인중을 대침으로 땄단다. 피가 솟구치더란다. 됐소. 살겠소. 사람을 영 죽일 뻔했구만. 얼마 안 있어 새파랗던 입술이 돌아오고 눈도 떴단다. 기적이었다. 이야기를 듣고 그 노인을 찾아 인사를 드리러 갔더니 아침 일찍 떠나 버리셨단다. 그분은 누구셨을까.

다음 날 구급차를 불러 할머니를 모시고 부산으로 왔다. "모시려면 이렇게 쉽게 모실 것을 이래저래 재다가 이 꼴을 당하고야 말았구나." 엄마는 또 하염없는 눈물을 흘렸다. 할매의 한쪽 손발은 완전히 굳어 버렸다. 중풍이었다. 말도 잘 못 알아들으셨다. 답답하여 앙가슴에 돌이 들어앉았다. 그 맑은 정신으로 "아이구, 내 새끼. 옥골선풍 내 새끼." 하는 말을 듣고 싶었다.

경북 영천 읍내에 중풍에 용한 의원이 있다고 했다. 일요일 새벽 아무도 없는 목욕탕에 가서 일부러 찬물로만 목욕을 했다.

"하느님예, 제가 지금 목욕재계합니다. 오로지 우리 외할매 살릴 일념으로 오늘 약을 지으러 갑니다. 약 효험 있도록 도와주이소."

버스를 타고도 옆자리에 눈 한 번 안 돌리고 똑바로 곧추앉아 눈을 감았다. 몸과 마음이 행여 더러워질까 조심조심 영천으로 갔다. 한의원도 아닌 약재상 비슷한 곳이었다. 그래도 방 안엔 약장 서랍이 가득했다. 노인에게 정성으로 절을 올렸다. 저희 외조모가 이러러 해서 누워 계십니다. 목욕재계하고 찾아왔습니다. 외조모를 좀 살려 주이소. 그 어른은 신통하게 나를 바라보았다.

"요새 젊은이가 아니구만요. 내 약 지어 드리리다."

돈을 받지 않겠다고 했다. 이렇게 지극한 효손을 본 것 만도 약값 했다시면서.

"황계를 넣어 달여 드리시오."

닭 파는 집에 가서도 정갈히 잡아 달라고 부탁했다. 약할 닭은 피가 튀면 안 된다고 아낙은 남편에게 몇 번이나 일러 주었다.

"엄마, 약을 짓기는 내가 지었지만 달이기는 엄마가 달여라. 지극 정성으로 달여 보자."

약을 드신 지 한 달이 지났을까. 또 한 번 기적이 일어났다. 서서히 풀려 가던 수족이 이제 변소 출입 정도는 마음대로 할 수 있을 정도가 되었고 농담도 곧잘 받아 주시게 된 것이다.

이리저리 돈을 변통하여 방 세 칸짜리 집으로 이사를 했다. 할매가 거처할 방도 생겼다. 할매는 나들이도 할 수 있을 만큼 기운을 차리셨다.

일요일이면 해운대도 가고, 동물원도 가고, 할매 손을 잡고 훨훨 나는 기분으로 데이트를 했다.

"할마시, 요새는 팔에 힘이 얼마나 있노 보자."

"이늠이요, 할매를 보고 할마시라 칸다요. 온냐, 이늠. 팔씨름 함 해 보자."

이미 기력을 잃은 할매 팔목을 잡으며 가슴이 메기도 했다. 할매와 나는 세상에 더없이 좋은 동무로 살았다. 그것이 삼 년 동안이었다.

끝내 할매는 다시 쓰러졌다. 말문을 닫은 사흘 동안 행여 한 번이라도 날 알아보실까 잠시도 손을 놓지 않고 지냈다. 입가가 마르면 물수건으로 입술을 닦아 드리며 그 오종종한 이를 다시 보았다. 얼굴에 주름 한 올, 손톱 밑에 때 하나까지도 남김없이 쓰다듬어 가슴에 새겼다. 살뜰히 살뜰히 할매와 이별을 준비했다. 더 기적을 바랄 순 없었다. 오히려 이런 이별을 할 수 있게 해 준 하늘에 감사했다. 할매는 허공에 대고 자꾸 머리카락 줍는 시늉을 했다. 무슨 헛것이 보였을까. 끝내 나와 눈 한 번 마주치지 못하고 나를 떠나 조용히 숨결을 푸셨다. 1981년 5월 24일 아침이었다.

할매 속살을 처음이자 마지막으로 보았다. 정갈히 몸을 닦고 생전에 손수 지어 두었던 명주 수의로 고이 쌌다. 나를 안아 뉘어 잠재우셨듯, 나를 업고 십오 리 읍내 길을 걸어오셨듯 이제 할매가 내 아이가 되어 품에 있었다.

"할매야, 울 할매야……."

보리가 누렇게 이글거리는 산모롱이를 돌아 초라한 상여가 바람 속에 놓였다. 타오르듯 번쩍이는 보리밭에는 할매 냄새가 물씬했다. 파란 하늘 아래로 점점이 보이는 외갓집 동네가 한층 가까이 다가왔다.

"하관 시간 되었다. 준비해라."

"그런데 장모님이 시집올 때 갖고 오신 사주단자가 빠졌는데 관 위에 놓으면 될지요……."

"어허, 사성을 손에 쥐고 가야지, 그걸 빠뜨리면 되나. 지금이라도 관을 열어라. 괜찮다. 손에 쥐여 드려야지."

아……. 나는 또 한 번 할매를 볼 수 있었다. 할매가 나를 한 번 더 보시려고 사성을 놓고 떠나셨구나. 바람은 솔잎 사이로 은은히 흐르고 엄마의 울음소리는 아득한데 할매는 보리밭 같은 명주 수의에 싸여 쏟아지는 오월 햇살 아래 부끄러이 다시 몸을 드러내었다.

"할매, 할매……. 인자는 진짜 마지막인갑다. 할매야, 잘 가재이."

할매는 포근하고 따뜻했다. 그렇게 느꼈다.

"석아, 그렇게 엎어지는 게 아니다. 일어나라……."

청석돌을 파낸 무덤 자리에 할매를 묻었다. 아이고 울 할매야. 돌 덩이가 목구멍을 가로막아 숨을 잘 쉴 수 없었다. 할매는 그렇게 내 곁을 떠났다. 아니다. 이제 완전히 나에게로 녹아들었다. 할매를 묻고 내려오니 보리도 새롭게 일렁이고 하늘도 더욱 푸르렀다. 무심결에 보릿대를 꺾어 삐삐 소리를 내어 보았다. 할매는 다 알 것 같았다. 죽으나 사나 내 사랑이란 것을.

 소곤소곤
....

　누군가를 극진히 사랑해 본 적이 있다면 이 글에 더욱 마음 깊이 공감할 수 있을 것입니다. 외할매와 '나(화자)' 사이에 흐르는 깊고 따스한 마음에 읽는 이도 함께 젖어들게 됩니다. 아, 생각하면 그리운 사람들. 그립고 고마운 이들에 대한 기억이 우리 삶의 찬란하고 소중한 한 자락을 이루어 갑니다.

생각의 마중물

주인공의 첫사랑은 '외할매'인 듯해요. 여러분의 첫사랑은 누구인가요? 첫사랑과의 추억을 떠올려 그림과 글로 표현해 봅시다.

달밤

윤오영

내가 잠시 낙향해서 있었을 때의 일.

어느 날 밤이었다. 달이 몹시 밝았다. 서울서 이사 온 윗마을 김 군을 찾아갔다. 대문은 깊이 잠겨 있고 주위는 고요했다. 나는 밖에서 혼자 머뭇거리다가 대문을 흔들지 않고 그대로 돌아섰다.

맞은 편 집 사랑 툇마루엔 웬 노인이 한 분 책상다리를 하고 앉아서 달을 보고 있었다. 나는 걸음을 그리로 옮겼다. 그는 내가 가까이 가도 별 관심을 보이지 아니했다.

"좀 쉬어 가겠습니다."

하며 걸터앉았다. 그는 이웃 사람이 아닌 것을 알자,

"아랫마을서 오셨소?"

하고 물었다.

"네. 달이 하도 밝기에……."

"음! 참 밝소."

허연 수염을 쓰다듬었다. 두 사람은 각각 말이 없었다. 푸른 하늘은 먼 마을에 덮여 있고, 뜰은 달빛에 젖어 있었다. 노인이 방으로 들어가더니 안으로 통한 문소리가 나고 얼마 후에 다시 문소리가 들리더니, 노인은 방에서 상을 들고 나왔다. 소반에는 무청김치 한 그릇, 막걸리 두 사발이 놓여 있었다.

"마침 잘됐소. 농주 두 사발이 남았더니……."

하고 권하며, 스스로 한 사발을 죽 들이켰다. 나는 그런 큰 사발의 술을 먹어 본 적이 일찍이 없었지만 그 노인이 마시는 바람에 따라 마셔 버렸다.

이윽고

"살펴 가우."

하는 노인의 인사를 들으며 내려 왔다. 얼마쯤 내려오다 돌아보니, 노인은 그대로 앉아 있었다.

낯선 이가 불쑥 들어와 좀 쉬어가겠다고 하는데도 노인은 전혀 꺼리는 기색이 없습니다. 모르는 두 사람이 어느 달밤의 한 순간을 함께 합니다. 두 사람을 말없이 함께 하게 만든 것은 참 밝기도 한 달빛. 그들은 오랜 친구처럼 묵묵히 함께 막걸리 한 사발씩을 나눕니다.

　무심한 듯 평화로운 이 한 장면, 이런 순간도 우리 삶엔 간혹 찾아오나 봅니다.

생각의 마중물

이 수필의 분위기와 정서를 읽고, 여러분 인생의 이러한 장면을 떠올려 보고, 가상의 공간을 그려 봅시다.

〈달밤〉의 분위기와 정서 :

_____

_____

_____

_____

_____

내 삶의 이런 장면 :

_____

_____

_____

_____

_____

_____

_____

테디 베어

잭 캔필드 외 엮음

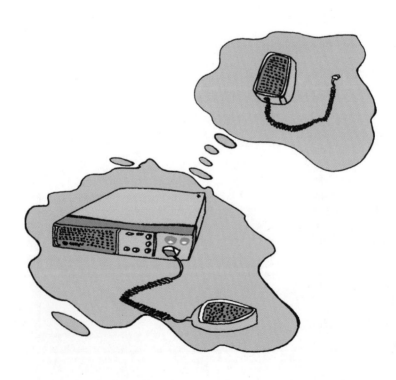

해가 지기 전에 목적지에 도착하기 위해 나는 화물을 잔뜩 싣고서 남부의 어떤 도시 근처를 열심히 달리고 있었다. 그때 내가 틀어놓은 낡은 무전기에서 갑자기 한 어린 소년의 목소리가 울려나왔다.

"트럭 운전사 여러분, 제 목소리 들립니까? 답변 바랍니다. 테디 베어가 아저씨들과 얘길 나누고 싶습니다."

나는 마이크를 집어 들고 말했다.

"잘 들린다, 테디 베어."

소년의 목소리가 다시 들렸다.

"응답해 주셔서 고마워요. 아저씨는 누구신가요?"

내가 이름을 말해 주자 소년이 말했다.

"지금 저는 아저씨들을 귀찮게 하려는 건 절대 아니에요. 엄마는 아저씨들이 바쁘니까 이렇게 무전기로 호출하지 말라고 하셨어요. 하지만 전 지금 외롭고, 이렇게 대화를 나누는 것이 도움을 주거든요. 왜냐하면 이것이 내가 할 수 있는 전부이니까요. 전 다리에 장애가 있어서 걸을 수가 없어요."

내가 다시 끼어들어 소년에게 마이크를 놓지 말라고 말했다. 그리고 원하는 만큼 오랫동안 얘길 나눠 주겠다고 말했다.

소년이 말했다.

"이것은 사실 제 아빠가 사용하던 무전기예요. 하지만 지금은 엄마와 제 것이 되었어요. 아빠가 돌아가셨거든요. 아빠는 한 달 전에 사고를 당하셨어요. 눈이 엄청나게 오는데 트럭을 몰고 집으로 오시다가 변을 당하신 거죠. 이제는 엄마가 돈을 벌기 위해 일을 하러 다니세요. 전 다리가 아프기 때문에 별로 도움이 되어 드릴 수가 없어요. 엄마는 걱정할 필요 없다고, 우리가 잘 헤쳐 나갈 거라고 말씀하세요. 하지만 밤늦은 시간에 가끔 엄마가 우시는 소리를 들어요."

소년은 잠시 말을 끊었다가 다시 이었다.

"지금 저에게는 한 가지 소원이 있어요. 아저씨들이 저한테 신경 쓰기에는 너무도 바쁘다는 걸 저도 잘 알아요. 하지만 아빠는 집에 돌아오시면 저를 트럭에 태우고 동네를 한 바퀴 돌곤 하셨거든요. 이제는 아빠가 돌아가셨기 때문에 그것이 모두 끝나고 말았어요."

테디 베어(곰 인형)란 별명을 가진 이 어린 장애 소년과 대화를 하는 동안 어떤 트럭운전사도 우리의 무선 통화에 끼어들지 않았다. 나는 목이 메어 제대로 말을 할 수가 없었다. 집에 있는 내 어린 아들을 생각하니 더욱 그랬다.

"아빠는 올해 안에 엄마와 저를 차에 태워 주시겠다고 말했어요. 아빠는 저에게 '언젠가는 이 트럭이 네 것이 될 거다, 테디 베어.' 하고 말씀하셨어요. 하지만 전 이제 다시는 18륜 트럭을 타볼 수 없을 거예요. 그래도 이 낡은 무전기가 트럭 운전사 아저씨들과 저를 연결해 줄 거예요. 테디 베어는 이제 아저씨들과 작별하고 무전기를 꺼야 해요. 엄마가 돌아오실 시간이 됐거든요. 하지만 아저씨들이 이 근처를 지나갈 때는 저한테 소리쳐 주세요. 그러면 제가 기쁘게 아저씨들에게 돌아올게요."

내가 말했다.

"어린 무전기 친구, 너의 집이 어딘지 말해 줄 수 있니?"

아이는 내게 자신의 집 주소를 말해 주었다. 나는 단 1초도 지체하지 않았다. 내가 운반하고 있는 급송 화물도 이 순간에는 중요한 게 아니었다. 나는 좁은 곳에서 곧장 트럭을 돌려 아이가 일러 준 잭슨가 229번지로 향했다.

모퉁이를 도는 순간 나는 큰 충격을 받았다. 스무 대가 넘는 18륜 트럭들이 소년의 집 앞 도로를 세 블록이나 가득 메우고 있었다. 주위의 수 킬로미터 안에 있던 모든 트럭 운전사들이 무전기를 통해 테디 베어와 내가 나누는 얘기를 들었던 것이다. 아이는 청취자들을 감동시키는 능력을 갖고 있었다.

한 트럭 운전사가 아이를 트럭에 태우고 동네를 한 바퀴 돌아오면 또 다른 운전사가 아이를 다시 트럭에 태우고 출발했다. 나 역시 차례를 기다려 테디 베어를 내 트럭에 태울 수 있었다. 그런 다음 나는 아이를 집으로 데리고 돌아와 의자에 앉혔다.

친구들! 만일 내가 다시 행복을 볼 수 없다면 난 당신들에게 말해 주고 싶다. 그날 내가 그 어린 친구의 얼굴에서 행복을 보았음을.

우리는 아이의 엄마가 집으로 돌아오기 전에 일을 모두 마쳤다. 운전사들은 서로 작별인사를 하고 떠났다. 아이는 얼굴 가득 미소를 지으며 내게 악수를 청했다. 그리고는 말했다.

"안녕히 가세요, 트럭 운전사 아저씨. 제가 다시 아저씨를 붙잡을 게요."

나는 눈물이 글썽거리는 채로 고속도로를 달렸다. 내가 무전기를 트는 순간 또 다른 놀라움이 찾아왔다. 한 목소리가 무전기에서 흘러나왔다.

"트럭 운전사 아저씨들, 여기 테디 베어의 엄마가 고맙다는 말씀을 전합니다. 여러분들 모두를 위해 우리가 특별한 기도를 드리겠습니다. 왜냐하면 여러분들이 제 어린 아들의 소원을 이루어 주셨으니까요. 제가 울음을 터뜨리기 전에 이 무전을 마쳐야겠군요. 여러분이 모두 안전하게 운행할 수 있기를 기원합니다. 안녕히 계세요."

소년에게 세상을 향한 창문이자 든든한 지지자 역할을 해 주던 아빠가 사고로 세상을 떠납니다. 그 빈자리를 우연히도 트럭 운전사인 '나(화자)'가 채우게 됩니다. 그런데 놀랍게도 그런 마음을 먹은 것은 '나'만이 아니었네요. 따뜻한 마음을 가진 사람들이 가득 찬 세상, 정말 살만 하겠지요. 그런 세상에 대한 꿈이 그저 꿈이 아닐 수도 있다는 것을 확인하는 행복한 순간이, 우리 생에 자주 찾아왔으면 좋겠습니다.

주변의 사람들로부터 크게 감동을 받은 기억이 있나요? 그 기억을 떠올려 봅시다.

따뜻한 조약돌

한은하

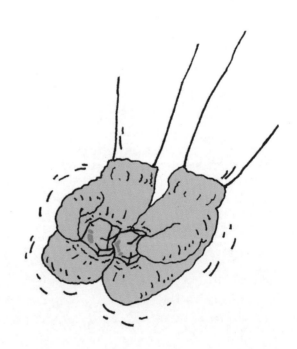

6학년 땐가 몹시 추웠던 겨울이었습니다.

점심시간이면 말없이 사라지는 아이가 있었습니다. 반 친구들로부터 이유 없이 따돌림을 받던 아이는 늘 그렇게 혼자 굶고 혼자 놀았습니다.

그러던 어느 날 그 아이가 다가와 쪽지 하나를 내밀었습니다.

"은하야, 우리 집에 놀러 갈래?"

그 애와 별로 친하지 않았던 나는 좀 얼떨떨했지만 모처럼의 제의를 차마 거절할 수가 없었습니다.

"그래, 수업 끝나고 보자."

그날따라 날이 몹시 추웠습니다. 발가락이 탱탱하게 얼어붙고 온몸이 오그라드는 것 같았지만 한참을 가도 그 애는 다 왔다는 말을 하지 않았습니다.

'으으으 추워……. 도대체 어디까지 가는 거지?'

괜히 따라나섰다는 후회가 밀려오고 그냥 집으로 돌아가고 싶은 생각이 치밀기 시작할 때쯤 그 애가 멈춰 섰습니다.

"다 왔어, 저기야, 우리 집."

그 애의 손끝에는 바람은커녕 함박눈 무게조차 지탱하기 힘들어 보이는 오두막 한 채가 서 있었습니다.

퀴퀴한 방엔 아픈 어머니와 어린 동생들이 옹기종기 모였습니다.

"아, 안녕하세요?"

"미안하구나, 내가 몸이 안 좋아 대접도 못하고……."

내가 마음을 풀고 동생들과 놀아주고 있을 때 품팔이를 다닌다는 그 애 아버지가 돌아왔습니다.

"어이구, 우리 딸이 친구를 다 데려왔네."

그 애 아버지는 단 한 번도 친구를 데려온 적이 없는 딸의 첫 손님이라며 날 반갑게 대했고 동생들과 금세 친해져 즐겁게 놀았습니다.

날이 저물 무렵 내가 그 애 집을 나설 때였습니다.

"갈게."

"또 놀러 올 거지?"

"응."

그때 나를 부르는 소리가 들렸습니다.

"애야, 잠깐만 기다려라."

가려는 나를 잠시 붙잡아 놓고 부엌으로 들어간 그 애 아버지가 얼마 뒤 무언가를 손에 감싸 쥔 채 나왔습니다.

"저어……. 이거. 줄 게 이거밖에 없구나."

그 애 아버지가 장갑 낀 손에 꼭 쥐어준 것, 그것은 불에 달궈 따뜻해진 조약돌 두 개였습니다. 하지만 그 조약돌 두 개보다 더 따뜻한 것은 그 다음 내 귀에 들린 한마디 말이었습니다.

"집에 가는 동안은 따뜻할 게다. 잘 가거라."

"잘 가, 안녕."

"안녕히 계세요."

나는 세상 그 무엇보다 따뜻한 돌멩이 난로를 가슴에 품은 채 집으로 돌아왔습니다. 🐚

'나(화자)'의 마음은 참 복잡했겠습니다. 그리 친하지 않았지만 멀찍이서 연민의 마음을 품고 있던 한 친구의 집에 어쩌다 초대를 받게 되고, 얼떨떨한 마음에 친구의 집에 따라가게 되지만 사실 내키지 않는 기분이었겠지요.

막상 도착한 친구의 집은 생각보다도 훨씬 어렵습니다. 함박눈의 무게도 지탱하게 어려워 보이는 오두막 속에 아픈 어머니와 어린 동생들이 옹기종기 모였습니다. 친구는 그야말로 '불행한 삶'의 대명사처럼 보입니다.

하지만 놀다 보면 그런 게 대수겠어요. 그저 즐겁게 재미나게 놀다 보니 마음도 슬슬 열려 버린 것. 게다가 집을 나서는 '나'에게 친구의 아버지가 준 것은 따뜻하게 달군 조약돌. 아버지의 배려와 마음씀이 조약돌만큼이나 뜨끈뜨끈했겠지요.

이렇게 선물처럼, 보석처럼 아름다운 마음들이 언뜻 참혹한 불행의 구렁텅이인 듯 보이는 저 허름하고 퀴퀴한 집들 속에 아름답게 담겨져 있다는 것을, 생각과는 다른 일들을, 우리는 종종 만나게 됩니다.

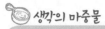 **생각의 마중물**

'나(화자)'는 왜 그 돌멩이 난로를 '세상 그 무엇보다도 따뜻'하다고 했을까요? 여러분에게도 그런 물건에 대한 기억이 있나요?

돌멩이 난로가 세상 그 무엇보다도 따뜻한 이유 :

_____

_____

_____

_____

_____

그런 물건에 대한 기억 :

_____

_____

_____

_____

_____

_____

_____

부덕이

김남천

내가 어려서 아직 보통학교에 다닐 적에, 우리 집에서는 부덕이라는 개 한 마리를 기르고 있었습니다. 개라고 해도, 이즈음 신식 가정에서 흔히 기르는 셰퍼드, 불도그 같은 양견도 아니었고, 매사냥꾼이나 총 사냥꾼이 길들인 사냥개 같은 훌륭한 개는 아니었습니다. 그저 시골집에서 늘 볼 수 있는 아무렇게나 마구 생긴 개로 도적이나 지키고, 남은 밥찌꺼기나 치우고 심하면 아이들 시중까지 들어 주는 그런 개였습니다.

그러나 나는 이 개를 퍽 좋아했습니다. 내가 까치둥지를 내리러 커다란 황철나무 있는 데로 가면, 부덕이는 내가 나무 위에 올라가는 동안을, 나무 밑에서 내 가죽신을 지키며 꿇어앉아 있다가 까치를 나무에서 떨구어도 물어 메치거나 그런 일 없이, 어디로 뛰지 못하게 지키고 있었습니다. 개구리 새끼를 잡으러 갈 때에도 쫓아가고, 덤불창을 놓으러 겨울 아침 눈이 서너 자씩 쌓인 데를 갈 때에도 곧잘 앞장을 서서 따라다녔습니다. 저녁을 먹고 어디 심부름을 갔다 밤이 되어도 돌아오지 않으면, 어떻게 알았는지 내가 있는 집을 찾아서 대문 밖에 꿇어앉아 기다리고 있었습니다. 어른들 중에 누가 나를 데려다주려고 나오다가, 부덕이가 꼬리를 설레설레 흔들며 내 발부리에 엉켜 도는 것을 보면,

"부덕이가 있으니 동무가 될 게다. 그럼 잘 가거라."

하고 안심하여 나를 돌려보내 주었습니다.

부덕이는 이렇게 항상 나와 같이 다녔습니다. 부덕이가 나와 떨어

보통학교 일제 강점기에, 우리나라 사람들에게 초등 교육을 하던 학교.
황철나무 버드나뭇과의 낙엽 활엽 교목. 백양목.
메치다 '메어치다'의 준말. 어깨 너머로 둘러메어 힘껏 내리치다.
덤불 '검불'의 방언. 가느다란 마른 나뭇가지, 마른 풀, 낙엽 따위를 통틀어 이르는 말.
창 '덫'의 방언.

져 있는 때는, 내가 학교에 가 있는 동안뿐입니다. 아침 책보를 들고 나서면 뿌르르 앞서거니 뒤서거니 따라 나오다가도, 학교 가는 골목 어귀까지만 오면, 내가 가는 걸 빤히 바라보다가 이윽고 다시 집으로 돌아갔습니다. 집을 너무 떠나 다니면 집안 어른들께 꾸중을 들었으므로, 내가 학교에 간 동안은 대개 집안에 있어서 제가 맡은 일 – 말하자면 낯선 사람을 지키거나 찌꺼기를 치우거나, 곡식 멍석을 지키고 앉았거나, 방앗간이나 연자간에서 새를 쫓든가 하며 날을 보냈습니다.

그런데 언젠가는 비가 오다 갠 날, 참외 막에 가려고 흙물이 흐르는 개울을 건너려다 하마터면 흙탕물에 휩쓸릴 뻔한 것을 부덕이 덕분에 살아난 적도 있었습니다.

평상시에는 퍽이나 얕은 개울이라, 나는 안심하고 건너던 터인데, 발을 헛짚고 물살이 센 데서 내가 그만 엎어져 버렸습니다. 그렇지 않아도 물살이 거세고 물이 예상외로 부쩍 불은 데 겁이 났던 나는, 이렇게 되고 보니 정신을 차릴 수 없어, 엎치락뒤치락 허우적거리면서 급류에 휩쓸려 흘러가고 있었습니다. 뒤에 오던 부덕이는 곧 나를 앞질러서 아래쪽으로 가더니 내가 디딜 수 있도록 제 몸을 디딤발로 삼을 수 있도록 던졌습니다. 그래도 내가 미처 일어나지 못하니, 부덕이는 내 옷을 물고 얕은 데로 끌어내려 들었습니다. 겨우 나는 큰 돌을 하나 붙들고 얕은 데로 나와서 땅으로 올랐는데, 머리가 띵하고 몸을 가눌 수 없어 한참이나 길 위에 누웠었습니다. 그러고 있는 동안 부덕이는 내 옆에 쭈그리고 앉아서 내가 일어나기만 기다리고 있

어귀 드나드는 목의 첫머리.
급류 물이 빠른 속도로 흐름. 또는 그 물

었습니다.

집에 돌아와서도, 나는 물에 빠졌다가 부덕이 덕에 살았단 말은, 아예 할 생각을 않았습니다. 장마가 져서 물이 불었으니 나가지 말라던 걸 나갔던 터라, 어른들께 꾸중 들을 것이 두려웠기 때문입니다. 그러니까 우리 집에서는 부덕이가 나를 몹시 따르는 줄만 알았지, 내 생명의 은인이라는 건 알 턱이 없었습니다.

내가 나이를 먹는 만큼 부덕이도 늙어갔습니다. 그리하여 부덕이는 다섯 살이 넘게 되었습니다. 언젠가 학교에 갔다가 오는 길에 부덕이를 만나 집으로 돌아오는데,

"개는 아예 나이 먹도록 기를 건 아니야. 저 부덕이도 인제 흉한 짓 할 나이로군."

하는 동네 늙은이의 말을 듣고, 나는 대단히 놀란 적이 있었습니다. 그런데 하루는 우리 집 일꾼이 어느 개가 팠는지 통수간 앞에 구덩이를 팠다고 하는 말을 들었습니다. 나는 그래서 어머니랑 아버지랑 듣는 데서,

"아까 뒷집 장손네 개가, 입으루다 흙을 파구 있었거든."

하고 헛소리를하여 부덕이를 변명했습니다.

"원, 그런 망할 놈의 개가 어디 있담."

어머니는 개가 구덩이를 파는 건 누가 죽어서 그 속에 묻히라는 것이나 같다고, 몹쓸 놈의 개라고 욕하였습니다.

그런데 며칠 후에, 내가 학교에 가서 한 시간을 공부하고 마당에 나와 땅따먹기를 하며 노는데, 뜻밖에 부덕이가 찾아왔습니다.

통수 물이 통하여 흐름. 또는 그렇게 되게 함.
간 '칸'의 옛말. 일정한 규격으로 둘러막아 생긴 공간.

부덕이가 학교에 나를 찾아온 적은 여태까지 없는 일이므로 나는 이상히 생각했으나 미처 다른 걸 생각지는 못하고,

"뭐 하러 와 가, 어서 가서 집에 가서 일을 봐."

하고 쫓아 보냈습니다. 손으로 쫓고 발로 밀고 하니, 서너 발자국씩 물러가기는 했으나, 가기 싫은 걸음처럼 몇 걸음 가서는 나를 물끄러미 바라보며 길 위에 서 있었습니다. 그러나 종이 울려서 나는 교실로 들어가 버렸습니다.

수업을 마치고 집에 돌아오니, 여느 때 같으면 마중 나오던 부덕이가 중문 턱을 넘도록 아무 소식도 없습니다. 나는 부덕이가 늘상 들어가 자는 마루 밑을 거꾸로 서서 보았습니다. 그러나 부덕이의 그림자는 보이지 않았습니다. 뒤뜰 안을 보아도, 통수간 뒤를 보아도, 방앗간을 보아도, 곳간 뒤를 찾아도, 그리고 마지막에는,

"부덕아!"

하고 불러보아도, 아무 기척이 없었습니다. 나는 그제야 무슨 일이 생긴 줄 알았습니다. 나는 낟가리를 얽고 있는 막간 늙은이에게 물어봤습니다. 그랬더니 영감은 태연하니 제 일만 하면서,

"기둥 아래 흙을 석 자나 팠다구 개 잡는 사람에게 줘 버렸다."

하고 대답했습니다. 나는 억해서 아무 말도 못했습니다. 아까 부덕이는 기둥 아래 흙을 파서 어른에게 욕을 먹거나 매를 맞고 나를 보러 학교에 온 것이었다는 걸 알 수 있었습니다.

부덕이는 나더러 변명해 달라고 찾아 왔던 것일까요, 아니 왜 부덕이는 두 번 세 번씩 땅을 파고 기둥 아래 흙을 팠을까요. 나는 부덕

낟가리 낟알이 붙은 곡식을 그대로 쌓은 더미.
자 길이의 단위. 한 자는 한 치의 열 배로 약 30.3cm에 해당한다.
억하다 감정이 북받쳐서 가슴이 막히는 듯하다.

이의 행동도 알 수 없었고, 그것을 흉행이라고 몰아대는 어른들의 일도 이해할 수 없었습니다.

나는 마른 호박 넝쿨 밑으로 가서, 부덕이 생각을 하고 하루 종일 눈물을 흘렸습니다.

사람들끼리만 마음을 나누는 것은 아닐 것입니다. 개나 고양이와, 참새와 딱따구리와도 우리는 한참 깊어질 수 있는 것. 부덕이와 '나(화자)'가 나누는 깊은 마음이 아름답습니다.

그런데 이런 부덕이 같은 친구들이 평생 우리 곁에 머무를 수 있다면 참 좋으련만, 사랑하는 것들은 늘 우리 곁을 떠나기 일쑤. 마음을 후벼 파는 아픔을 겪으며, 더 단단해지며, 삶이 가끔은 서글프고 안타까운 것이란 사실을 깨달으며, 그렇게 우리는 어른이 되나 봅니다.

생각의 마중물

아래의 생각들을 담아 '나(화자)'에게 위로의 편지를 써 볼까요?

● 자신의 경험에 비추어 보자.
● '나'가 어떤 심정이었을지 헤아려 보자.

그해 여름 봉숭아 꽃물은

　뽀야는 몇 해 전에 죽은 우리 집 강아지 이름이다. 온몸의 털이 눈처럼 하얗고 두 귀와 한쪽 눈에 까만 점이 박힌, 작고 귀여운 모습이 지금도 눈에 선하다. 생후 8개월이 된 어느 날, 닭고기를 먹고 난 후 시름시름 앓기 시작했다. 혹시 닭뼈가 목에 걸린 것은 아닐까 겁이 덜컥 나서 뽀야를 데리고 가축병원으로 달려갔다. 수의사는 고개를 갸웃거리더니 하루쯤 옆에 두고 경과를 보았으면 좋겠다고 한다.

　"뽀야가 병원에 입원을 했어, 가엾게도 많이 아픈가 봐. 내일은 토요일이니까 우리 뽀야 병문안 가자."

　"꽃도 사고 뽀야가 좋아하는 비스킷도 사자."

　연년생 어린 남매는 눈물을 글썽이며 저희들끼리 소곤거렸다.

　이튿날 수술을 해서라도 꼭 살려 달라고 매달렸지만, 의사는 고개를 설레설레 내저었다. 확실한 이유는 알 수 없지만 어렵겠다는 것이다. 닭 뼈가 어딘가에 걸린 것 같다고도 한다.

　탈진되어 축 늘어진 뽀야를 안고 돌아오면서 너무나 무력한 자신이 원망스러웠다. 애소하듯 쳐다보던 뽀야의 슬픈 눈망울을 잊을 수가 없다. 아이들은 잠시도 뽀야 곁을 떠나려 하지 않았다. 뽀야는 아무 것도 먹지 않고 눈을 감은 채 누워 있다가도 아이들 소리가 나면 힘

애소하다 슬프게 하소연하다.

없이 눈을 뜨고 반가운 빛을 지으려 애썼다.

"뽀야야, 얼른 기운 차려야지……."

아이들은 울먹이면서 뽀야의 등을 하염없이 어루만졌다.

새벽에 일어나 보니 뽀야는 현관 앞 자기 집에서 후원 목련나무 밑으로 자리를 옮기고 누워 영원히 잠들어 있었다. 흙냄새가 그토록 그리웠던 걸까. 삶의 마지막 순간 혼신의 힘을 쏟으며 목련나무 밑으로 기어왔을 뽀야의 처절한 몸짓이 떠올라 왈칵 눈물이 쏟아졌다.

새벽이슬로 정갈하게 씻긴 눈부신 흰털의 뽀야는 죽음과는 거리가 먼 너무나 평화롭게 잠든 모습이었다.

"뽀야야, 얼른 일어나라니까. 아침이야 임마!"

막내는 옷소매로 눈물을 닦으며 뽀야를 마구 흔들었다. 마치 깊이 잠든 뽀야를 깨울 때처럼…….

"엄마, 뽀야를 뒷동산에 묻어 주세요."

그때 열네 살이던 큰딸아이가 울면서 말했다.

"먼 산에 묻히면 어린것이 얼마나 무섭겠어요."

둘째도 셋째도 마구 흐느꼈다.

목련과 장미, 철쭉과 라일락이 지금 막 겨울잠에서 깨어나 기지개를 켜고 있는 우리 집 뒷동산에 뽀야는 그렇게 잠들었다.

학교에 갈 때도 집에 돌아와서도 꼬리치며 반기던 귀여운 모습이 눈에 밟히는지 아이들은 말을 잃은 채 방문을 꼭 닫고 나오지 않았다.

"이슬처럼 왔다가 이슬처럼 사라진 우리 뽀야……."

사춘기 소녀였던 큰아이가 뽀야를 그리워하며 쓴 산문의 한 구절이다. 길에서 강아지 인형만 보아도 눈물이 난다면서 열심히 강아지 모양의 마스코트를 모으고 있었다.

밤마다 강아지 인형을 끌어안고 울다가 잠이 들던 아홉 살짜리 둘째 일기장에서는 '하늘에 있는 뽀야에게'라고 쓴 편지를 읽을 수 있었다.

"네가 보고 싶어서 자꾸만 눈물이 난단다. 하늘나라에서는 잘 지내니? 친구도 사귀었니? 꿈속에서라도 좋아, 뽀야야 우리 꼭 다시 만나자, 응!"

죽음이란 무엇일까, 죽으면 어디로 가는 걸까. 똘방똘방 귀엽던 눈, 살랑살랑 꼬리를 흔들며 반기던 기특한 마음은 어디로 갔을까?

후원에 쪼그리고 앉아 눈물을 흘린 날이면 아이들은 나에게 이런 의문을 던져왔다.

"죽음이란 끝이 아니란다. 이별일 뿐이야. 뽀야는 비록 죽었지만 우리 집 뒷동산에 묻혀 있고, 그 피와 살과 넋은 저 목련과 장미와 라일락 속에서 다시 살아나 예쁜 꽃으로 피어날 거야……."

아이들 못지않게 슬픔에 젖어 있던 나는 그때 불교 서적을 읽고 있었다.

그로부터 두어 달이 지난 어느 날, 둘째가 뒷마당에서 큰소리로 엄마를 불렀다. 밝고 기쁨에 찬 목소리였다.

"엄마, 목련꽃이 활짝 폈어요. 꼭 뽀야 얼굴 같아요!"

활짝 핀 목련꽃을 우러러보고 선 아이의 두 눈이 신비로움과 감격으로 빛나고 있었다.

아이들의 얼굴에서는 서서히 그늘이 걷히고 밝은 미소가 떠올랐다. 뽀야는 살았을 때처럼 귀엽고 예쁜 모습으로 항상 우리 곁에 있었으니까. 라일락 꽃으로, 철쭉의 웃음으로, 장미의 어여쁨으로…….

그 해 여름 우리 손톱에 물들인 봉숭아 꽃물은 그 어느 해보다 붉고 아름답게 느껴졌다. 🌸

그해 여름의 봉숭아 꽃물이 어느 해보다 붉고 아름답게 느껴진 것은 무엇 때문일까요?

도마뱀의 사랑

이범선

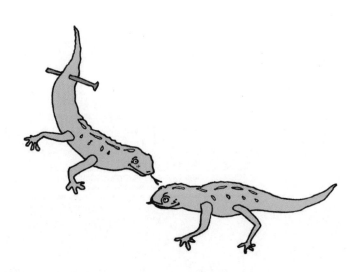

일본에서 실제로 있었던 이야기라고 한다.

어떤 사람이 집의 벽을 수리하기 위해서 뜯었다. 일본 집의 벽이라는 것은 그들의 말로 소위 '오가베'라고 하여, 가운데 얼기설기 대고 그리고 그 양쪽에 흙을 발라 만드는 것으로 속이 비어 있기 마련이다.

그런데 벽을 뜯다 보니까 벽 속에 한 마리 도마뱀이 갇혀 있더라는 것이다. 그 도마뱀은 그저 보통 갇힌 것이 아니라 어쩌다가 벽 밖에서 벽에 박은 긴 못에 꼬리가 물려 꼼짝도 못하고 갇혀 있었던 것이다.

집주인은 그 도마뱀이 가엾기도 하려니와 약간 호기심이 생겨 그 못을 조사해 봤다. 집주인은 놀랐다. 그 도마뱀의 꼬리를 찍어 물고 있는 못이 바로 십 년 전 그 집을 지을 때 벽을 만들며 박은 못이었던 것이다. 그렇다면 어떻게 되는 것일까? 그 도마뱀은 벽 속에 갇힌 채 꼼짝도 못하고 십 년을 살아온 셈이 된다. 캄캄한 벽 속에서 십 년 간! 그건 정말 놀라운 일이 아닐 수 없다.

캄캄한 벽 속에서 십 년간이란 긴 세월을 살았다는 것도 놀랍다. 그런데 그렇게 꼬리가 못에 박혔으니 한 걸음도 움직일 수 없는 그 도마뱀이 도대체 십 년간이나 그 벽 속에서 무엇을 먹고 산 것일까? 굶고? 그럴 수는 없다.

집주인은 벽 수리 공사를 일단 중지했다.

'이 놈이 도대체 어떻게 무엇을 잡아먹는가?'하고.

그런데 어떤가. 얼마 있더니 어디서 딴 도마뱀 한 마리가 먹이를 물고 살금살금 기어오는 것이 아닌가.

집주인은 정말로 깜짝 놀랐습니다.

사랑! 지극한 사랑! 끈질긴 사랑! 그 끈질긴 사랑! 그러니까 벽 속에 꼬리가 못에 찍혀 갇혀 버린 도마뱀을 위하여 또 한 마리의 도마뱀은 십 년이란 긴 세월을 비가 오나 눈이 오나 한결같이 먹이를 물어 나른 것이다.

그 먹이를 물어다 준 도마뱀이 어미인지, 아비인지, 그렇지 않으면 부부간 혹은 형제간인지, 그것은 알 길이 없다. 그러나 그것을 반드시 알아야 할 필요는 없다.

나는 그 말을 듣고 그 숭고한 사랑의 힘에 뭉클했다. 🐁

　사람만이 지고지순하고 숭고한 감정을 가질 수 있는 것일까요? 사람만이 이 지구상에 우월한 존재일까요? 이 글은 존재의 종을 초월한 '마음'이란 것이 세상에 존재함을 짧고 선명한 일화로 우리에게 보여주고 있습니다.

생각의 마중물

두 도마뱀이 나누었을 대화를 상상하여 연극의 한 장면으로 만들어 봅시다.

심재현, 사랑해

최은숙

봄이 오면 온 동네가 교실이 된다. 지금 우리 동네는 봄 처녀를 맞이하는 잔칫집처럼 꽃등을 내걸고 환하게 피어 있다. 막 새순이 돋아오르는 들판에 하얀 뭉게구름처럼 피어오르는 조팝꽃, 융단을 깔아 놓은 것 같은 흰 냉이꽃, 노랑 꽃다지, 연보랏빛 제비꽃, 민들레, 진달래, 생강나무 꽃, 산수유, 개나리. 그들의 이름을 한 번씩 불러보는 것만으로도 하루가 환해지는 것 같다.

재현이가 있는 1반은 교문 바로 앞에 널찍하게 자리한 김해 김씨 산소 터에서 쑥을 뜯었는데 햇살이 따스하고 아늑하여 그만이었다. 재현이가 옆에 앉아 쑥 대궁에 칼을 대고,

"아?"

하고 물었다. 이렇게 하는 게 맞느냐는 뜻이다. 그건 재현이가 내게 처음 걸어온 말이기도 하다. 수업 시간 중에 화장실에 가고 싶으면 약간은 미안하다는 표정으로 손을 들고 일어나 제 아랫도리를 손가락으로 가리킨다. 공책을 들고 나와 칠판을 가리키면서 "아!" 하면 잘 안 보이니 앞에 나와 필기를 하겠다는 뜻이다.

반 아이들은 선생과 재현이의 그런 대화에 대하여 아무렇지도 않다. 재현이를 무시해서가 아니라 초등학교 때부터 오랜 시간 함께 생활해 오면서 익숙해진 것이다.

우리 학교에는 재현이 같은 학생들을 위한 특수 학급이 없어서 재현이는 다른 아이들과 똑같은 수업을 듣고 똑같은 과제를 내야 한다. 옆 짝꿍의 공책이나 칠판의 글씨를 제가 할 수 있는 속도로 상형문자 옮기듯 베껴 적는 것이 재현이가 할 수 있는 일의 전부이다. 단어 찾기를 할 때는 사전을 들고 나와 어디에 있느냐고 묻는다. '기역,

대궁 대의 방언. 초본 식물의 줄기.

니은, 디귿' 하며 사전을 뒤적여 손가락으로 짚어 주면 그 선량한 눈
에 웃음을 가득 담고 고개를 끄덕이며 자리로 돌아가 공책에 적는
것이다.

　다른 아이들은 더러 사전을 안 가지고 와서 야단을 맞지만 재현이
는 한 번도 준비해야 할 교재를 빠뜨리는 적이 없다. 재현이가 어떻
게 수업 자료나 과제물을 제때 챙길 수 있는지 궁금했다. 부모님도
재현이를 돌보기엔 어려움이 있는 분들이라는 걸 재현이의 담임선생
님이 알려 주었다. 그 대신 재현이네 옆집에 아주 따스한 아주머니가
계셔서 하나에서 열까지 모든 걸 살펴 주신다고 했다. 재현이는 학교
에서 돌아가면 반드시 옆집엘 먼저 들러 가정 통신문이나 숙제, 준비
물 같은 걸 적은 쪽지를 아주머니께 보여드리고, 아주머니는 꼼꼼하
게 살펴서 이웃집으로 건너와 재현이의 부모님이 준비를 해줄 수 있
도록 도와주신다는 것이다.

　나는 올해 재현이를 처음 만나 사정을 잘 모르는 터에 어느 날 학
력 진단 평가 감독을 하다가 아이들과 재현이의 관계에 신선한 충격
을 받았다. 번호대로 줄지어 앉아서 시험을 보는 아이들 틈에 재현이
가 있다는 걸 나는 잊고 있었다. 수업도 수업이지만 재현이에게 시험
이 무슨 의미가 있을까? 시험이 끝나갈 무렵 재현이가 너무도 자연스
럽게 의자를 끌고 반장 주영이의 옆으로 가기에 무심히 보고 있었다.
주영이는 재현이가 시험지에 표시해 놓은 답을 재현이의 OMR 카드
에 컴퓨터용 사인펜으로 옮겨 주었다. 그중에 하나를 안 풀었는지,
주영이가 작은 목소리로 문제를 읽었다.

　"다음 중 운율이 느껴지는 글은? 그러니까 여기 다섯 개의 글 중
에 어느 것이 노래 같으냐, 이 말이야. 잘 봐. 이거? 바다의 생산성은

육지의 그것보다 높다, 이거?"

답은 김소월의 시 〈엄마야 누나야〉인데 재현이는 주영이가 첫 번째 글, 두 번째 글을 차례로 짚으며 "이거? 이거?" 하고 물어볼 때마다 확신에 찬 목소리로 "아!" 하면서 고개를 끄덕였다.

"이게 노래 같아? 너는 노래를 이렇게 불러?"

주영이의 목소리에서 뭔가 아닌 것 같다는 느낌이 들었는지, 재현이는 웃으면서 고개를 가로저었다. 주영이와 재현이는 그렇게 몇 번의 토론 아닌 토론을 거쳐 답에 도달했다.

"아, 이거? '엄마야 누나야 강변 살자.' 그럼 답을 표시해."

10년 가까이 시험 감독을 하면서 이런 진풍경은 처음이다. 주영이, 너는 정말 훌륭한 선생이구나. 더구나 운율이 느껴지는 글, 즉 시를 고르라는 문제를 "어떤 게 노래 같아?" 하고 물어보지 않는가. 완벽한 이해다. 슬그머니 웃음이 나오는데 다른 아이들은 여전히 제 시험지에 코를 박고 골몰할 뿐 신경도 쓰지 않는다.

봄볕이 따스해지면서 밖에 나가 쑥 뜯어 떡 해 먹고 진달래 꽃잎 따다 가사실에서 화전놀이도 하고 그림 동화 읽기도 하고 국어 수업이 좀 느슨해지자 재현이는 말이 많아졌다. 재현이가 말을 갑자기 쏟아 놓자 나는 당황했다. 큰어머니가 산에 갔다가 쓰러져서 병원에 입원했다고 진수가 말하니까 재현이도 뭐라고 긴 말을 했다.

"자기네 삼촌도 아프시대요."

정아가 통역을 했다.

"할아버지 산소에 갔다 와서 아빠랑 삼촌이랑 막 싸웠대요."

골몰 다른 생각을 할 여유도 없이 한 가지 일에만 파묻힘.
화전놀이 꽃잎을 따서 전을 부쳐 먹으며 춤추고 노는 부녀자의 봄놀이.

"자기는 무서워서 가만히 있었대요."

나는 전혀 알아들을 수 없는 말을 계속 옮기는 정아가 놀라웠다. 정아뿐 아니고 다른 아이들도 재현이와 이야기를 나누는 데 불편함이 없었다.

"다음 시간에 그냥 앉는지, 모둠별로 앉을 건지 물어보는 거예요."

"가위 바위 보를 해서 이긴 사람이 먹을 거 사 주재요."

어떻게 그렇게 정확한 통역이 되는지 신기해하는 내게 정아가 별것 아니라는 듯 대답한다.

"유치원 때부터 지금까지 쭉 같이 다녔으니까 그렇지요."

그러니까 재현이가 말을 잘 못하는 것이 아니라 내가 재현이의 말귀를 못 알아듣는 것이다.

봄이 오면 산에 들에 진달래 피네
진달래 피는 곳에 내 마음도 피어
건넛마을 젊은 처자 쑥 캐러 오거든
쑥만 말고 내 마음도 함께 따가~주

2반 아이들도 그러더니 1반 아이들도 쑥을 뜯으면서 가사를 살짝 바꾸어 〈봄이 오면〉을 부른다. 혜진이가 흥얼거리는 노래가 곧 합창이 된다. 이 아이들이 반성문도 컴퓨터 인터넷 용어로 쓰는 그 아이들 맞나? 수업이 노래로 느껴지다니 정말 고맙다. 재현이도 열심히 부른다. 나는 그동안 이런 재현이를 전혀 배려하지 못하는 국어 선생이었다. 말도 못 알아듣는 게 말이 되나, 재현이는 내 말을 다 알아듣는데. 귀도 열리지 않고 사랑한다고 하는 건 거짓말이다.

재현이가 내 어깨에 팔을 걸고

"나, 사랑해?"

그런 뜻을 담아 물었다.

"사랑해."

심재현 사랑해. 아직 말귀도 안 트였지만, 기다려 주렴.

　조금은 부족한 재현이지만 마을과 교실 공동체 안에서 재현이의 삶은 꽤나 편안해 보입니다. 재현이 곁에서 함께 발을 맞추며 걸어가는 친구들이 있어 그렇겠지요? 심성 고운 심재현도, 주영이나 정아도 보면 볼수록 참 어여쁜 꽃들. 이렇게 따뜻하고 어여쁜 꽃들이 피어 있는 재현이네 교실에 자꾸만 눈과 마음이 갑니다.

이 글을 읽고 떠오르는 친구나 주변 사람이 있나요? 여러분은 그 사람과 어떻게 관계를 맺었던가요? 여러분의 이야기를 한번 시작해 봅시다.

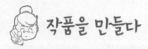 작품을 만들다

일상에서 우리가 느끼는 감정들, 우리가 보고 들은 것들, 직접 겪은 어떤 경험들은 정제되지 않은 채 구슬 알들처럼 흩어져 있습니다. 문학 작품은 그런 구슬 알들 같은 우리의 삶을 나름의 질서로 잘 꿰어내어 감동이나 아름다움을, 즐거움이나 깨달음을 전해 줍니다.

여러분의 일상도 아주 훌륭한 문학 작품의 소재가 될 수 있답니다. 도전해 볼까요? 다른 이에게 감동이나 아름다움을, 즐거움이나 깨달음을 줄 수 있는 그런 글을, 여러분도 한 번 써 봅시다.

내가 고른 글감 :

제목 :

부록

강인선 1963~
서울 출생으로 홍익대학교 미술대학을 졸업했다. 어린이 잡지 「어깨동무」, 「보물섬」 기
자로 잡지출판계에 입문, 만화 잡지 「윙크」, 「밍크」 등을 창간했다. 현재는 (주)거북이북
스의 대표이사로 좋은 책 만들기에 힘쓰고 있다.

김남천 1911~1953
평남 성천 출생으로 평양고보를 졸업하고 일본 도쿄 호세이대학에서 공부했다. 일제
강점기 조선프롤레타리아예술가동맹(KAPF, 카프)에 가담하여 「무산자」에 동인으로
참여하였다. 조선문학가동맹을 결성하고, 서기장으로 「문학」을 발행하는 등에 활동을
했다. 1947년 월북했으나 1953년 숙청된 것으로 알려진다. 소설로는 「대하」, 「맥」, 「경
영」 등이 있다.

김용택 1948~
시인으로 전북 임실 출생으로 순창농림고를 졸업했다. 1982년 「21인 신작 시집」에 시
를 발표하며, 작품 활동을 시작했다. 자연과 더불어 소박하고 정직하게 사는 고향 이
웃들의 모습을 시로 써 왔다. 시집 「섬진강」, 「맑은 날」, 「강 같은 세월」, 「그 여자네 집」
등과 장편동화 「옥이야 진메야」가 있다.

김인숙 1963~
1987년 연세대학교 신문방송학과를 졸업했다. 1983년 「조선일보」 신춘문예에 단편 〈상실
의 계절〉이 당선, 같은 해 장편소설 「핏줄」을 발표하며 본격적인 작품 활동을 시작했
다. 장편소설 「'79~'80 겨울에서 봄 사이」, 「우연」, 「봉지」 등과 소설집 「칼날과 사랑」,
「그 여자의 자서전」 등을 발표했다.

나희덕 1966~
시인으로 충남 논산에서 태어났다. 연세대 국문과와 동대학원을 졸업했다. 1989년 「중
앙일보」 신춘문예에 〈뿌리에게〉가 당선되어 작품 활동을 시작했다. 시집으로 「뿌리에
게」, 「그 말이 잎을 물들였다」, 「그곳이 멀지 않다」, 「어두워진다는 것」, 「사라진 손바
닥」, 「야생 사과」 등이 있다.

류시화 1959~
충북 옥천 출생으로 경희대 국문학과를 졸업하였다. 「한국일보」 신춘문예에 〈아침〉으로 등단하였다. 시집으로 『그대가 곁에 있어도 나는 그대가 그립다』, 『외눈박이 물고기의 사랑』 등이 있다.

문혜영 1948~
함경남도 원산에서 태어났다. 성심여자대학교 사회사업학과를 졸업하였고, 1981년 「시와 시론」에 수필 〈그네〉, 〈매듭〉으로 등단했다. 수필집으로 『언덕 위에 바람이』, 『그리움을 아는 자만이 고통을 알리』 등이 있다.

박동규 1939~
경북 월성군 출생으로 서울대학교 국문과 및 동 대학원에서 석·박사과정을 졸업했다. 월간 시 전문지 「심상」의 발행인으로 서울대학교 명예교수로 재직 중이다. 국문학자이자 문학평론가로 1962년 「현대문학」에 〈카오스의 질서화작용〉, 〈언어·성격·행동〉으로 추천되어 문단에 등단하였다. 저서로는 『현대 한국소설의 성격 연구』, 『현대 한국소설의 이해』와 수필집으로 『별을 밟고 오는 영혼』, 『당신이 고독할 때』 등이 있다.

박완서 1931~2011
소설가이자 수필가이다. 불혹의 나이에 「여성동아」 여류 장편소설 공모에 〈나목(裸木)〉이 당선되어 등단했다. 평범하고 일상적인 소재에 적절한 서사적 리듬과 입체적인 의미를 부여함으로써 다채로우면서도 품격 높은 문학적 결정체를 탄생시켰다는 평을 받는다. 수필집으로 『호미』, 『두부』 등이 있다.

박원순 1956~
변호사이자 시민활동가이다. 1980년 사법 시험에 합격, 인권 변호사로 활동했다. 참여연대 창립을 이끌고, 아름다운가게와 아름다운재단을 설립했다. 2006년부터 희망제작소를 만들어 '소셜 디자이너'로 왕성하게 활동하고 있다. 지은 책으로 『국가보안법연구 1, 2, 3』, 『내 목은 매우 짧으니 조심해서 자르게』, 『성공하는 사람들의 아름다운 습관, 나눔』 등이 있다.

법정 1932~2010
1956년 당대의 큰 스승이었던 효봉 스님의 제자로 출가한 이후 해인사 선원과 강원에서 수행자의 기초를 다지다가 28세 되던 해 통도사에서 비구계를 받았다. 지은 책으로는 『무소유』, 『오두막 편지』, 『새들이 떠나간 숲은 적막하다』 등이 있다.

복효근 1962~

시인으로 전북 남원에서 태어났다. 전북대 국어교육과를 졸업했다. 1991년 계간 시 전문지 「시와시학」으로 활동을 시작했다. 시집으로 『당신이 슬플 때 나는 사랑한다』, 『버마재비 사랑』, 『새에 대한 반성문』, 『누우 떼가 강을 건너는 법』, 『목련꽃 브라자』 등과 시선집 『어느 대나무의 고백』 등이 있다.

서경식 1951~

1951년 일본 교토에서 재일조선인 2세로 태어났다. 와세다대학교 문학부 프랑스문학과를 졸업했다. 2006년 봄부터 2년간 성공회대학에서 연구교수로 지낸 바 있으며, 현재 도쿄게이자이대학 법학부 교수로 재직하고 있다. 그동안 지은 책으로는 『나의 서양미술 순례』, 『고뇌의 원근법』, 『청춘의 사신』, 『단절의 세기, 증언의 시대』 등이 있다.

성석제 1960~

소설가로 1986년 「문학사상」 시 부문에서 〈유리 닦는 사람〉으로 신인상을 받아 등단했다. 1994년 소설집 『그곳에는 어처구니들이 산다』를 펴내면서 본격적으로 소설을 쓰기 시작했다. 저서로는 『인간적이다』, 『순정』, 『호랑이를 봤다』, 『새가 되었네』 등이 있다.

안도현 1961~

경북 예천 출생으로 원광대 국문과를 졸업했다. 시인으로 1984년 「동아일보」 신춘문예로 등단했다. 시집 『서울로 가는 전봉준』, 『모닥불』, 『외롭고 높고 쓸쓸한』, 『그리고 여우』, 『아무것도 아닌 것에 대하여』 등이 있다.

안네 프랑크 1929~1945

독일의 유대인 소녀로 나치가 네덜란드를 지배한 시기에 쓴 일기인 『안네의 일기』로 유명하다. 1944년 유대인 강제수용소에 수감되어, 1945년 영양실조와 장티푸스로 죽었다. 현재 암스테르담에 기념관이 건립되어 운영되고 있다.

안철수 1962~

부산 출생으로 서울대학교 의과대학을 졸업했다. 컴퓨터 바이러스 백신 프로그램을 개발하였으며, 안철수연구소를 설립하였다. 작품으로는 『CEO 안철수, 지금 우리에게 필요한 것은』, 『행복 바이러스 안철수』 등이 있다.

엄홍길 1960~

경남 고성에서 태어났다. 산악인으로 세계 8번째, 아시아 최초로 히말라야 8,000미터 14좌를 완등 하였다. 지은 책으로 『8000미터의 희망과 고독』, 『꿈을 향해 거침없이 도전하라』, 『오직 희망만을 말하라』 등이 있다.

윤석중 1911~2003
열세 살에 어린이잡지 「신소년」에 동요 〈봄〉을 발표하면서 어린이를 위한 글쓰기를 시작했다. 「어린이신문」 「새싹문학」을 창간하였으며, '새싹회'를 만들어 운영했다. 대표작으로는 「넉 점 반」, 「기찻길 옆」 등이 있다.

윤오영 1907~1976
서울 출생으로 보성고등학교에서 20년간 교편을 잡았다. 「현대문학」에 〈측상락〉을 발표한 이래 수많은 수필과 새로운 문학논문을 발표했다. 저서로는 수필집 「고독의 반추」, 「방망이 깎던 노인」, 「수필문학입문」 등이 있다.

이경림 1947~
경북 문경에서 태어났다. 1989년 계간지 「문학과 비평」을 통해 〈굴욕의 땅에서〉 외 9편으로 등단했다. 시집으로 「토씨 찾기」, 「그곳에도 사거리는 있다」, 「시절 하나 온다, 잡아먹자」 등이 있다.

이금희 1966~
서울 출생으로 숙명여자대학교 정치외교학과를 거쳐 연세대학교 언론홍보대학원 석사를 지냈다. KBS아나운서이자 숙명여자대학교 겸임교수로 활동하고 있다. 저서로는 「나는 튀고 싶지 않다」가 있다.

이문구 1942~2003
충청남도 대천에서 출생으로 서라벌예술대학 문예창작과를 졸업했다. 1966년 「현대문학」에 〈백결〉이 추천되어 문단에 등단했다. 「월간문학」, 「한국문학」등의 편집장을 지냈다. 단편소설로 「암소」, 연작소설인 「우리 동네」, 「관촌수필」, 「해벽」과 장편소설 「장한몽」 등이 있다.

이범선 1920~1981
평안남도 안주에서 태어나 동국대 국문학과를 졸업했다. 1955년 「현대문학」에 〈암표〉, 〈일요일〉이 추천되어 문단에 등단했다. 단편소설 「학마을 사람들」, 「오발탄」과 장편소설 「밤에 핀 해바라기」 등이 있다.

이상석 1952~
경남 창녕에서 태어났다. 1979년 교단에 선 뒤로 지금은 양운고등학교 아이들과 함께한다. 「글과 그림」 동인으로 활동하면서 사람 사는 재미와 보람을 느끼고 있다. 학생들 글을 엮어 「있는 그대로가 좋아」를 냈고, 자신의 중·고등학생 시절 방황과 아픔 그리고 성장을 쓴 「못난 것도 힘이 된다」를 냈다.

이순원 1957~
강원도 강릉에서 태어났다. 1985년 「강원일보」 신춘문예에 〈소〉가 당선 되었고, 1988
년 「문학사상」 신인상에 단편 〈낮달〉이 당선되어 등단하였다. 창작집으로 『그 여름의
꽃게』, 『말을 찾아서』, 『은비령』, 『그가 걸음을 멈추었을 때』, 『첫눈』 등이 있고, 장편소설
『압구정동엔 비상구가 없다』, 『수색, 그 물빛무늬』, 『아들과 함께 걷는 길』, 『19세』, 『나
무』, 『워낭』 등이 있다.

장영희 1952~2009
서강대 영문과 교수이자 번역가, 칼럼니스트로 활동했다. 문학 에세이 『문학의 숲을
거닐다』와 『생일』 등의 책으로 '문학 전도사'라는 별칭을 얻었다. 번역서로 『종이시계』,
『살아 있는 갈대』, 『톰 소여의 모험』, 『이름 없는 너에게』 등이 있다.

장회익 1938~
서울대 물리학과를 졸업하고 미국 루이지애나 주립대학교에서 물리학 박사학위를 받
았다. 서울대 물리학과 교수를 지냈으며, 국내 최초의 대안대학인 녹색대학 총장을 역
임했다. 지은 책으로는 『공부도둑』, 『온생명과 환경, 공동체적 삶』, 『물질, 생명, 인간』,
『과학과 메타과학』, 『삶과 온생명』 등이 있다.

잭 캔필드 1944~
미국 최고의 카운슬러이자 저술가로 활동하고 있다. '닭고기 수프' 시리즈를 비롯해
『1% 행운』, 『성공의 원리』, 『마음을 열어주는 101가지 이야기』 등의 베스트셀러를 공동
집필했다.

정채봉 1946~2001
전남 순천에서 태어났다. 1973년 「동아일보」 신춘문예 동화부문에 〈꽃다발〉이란 작품
으로 당선되어 등단했다. 동화작가, 방송프로그램 진행자, 동국대 국문과 겸임교수로
열정적인 활동을 하였다. 지은 책으로는 『오세암』, 『물에서 나온 새』, 『푸른 수평선은
왜 멀어지는가』를 발표하였다.

정태원 1944~
중국 길림성 돈화현에서 태어났다. 청주사범학교를 졸업하였으며, 1990년 「현대문학」
지에 투고한 수필 〈남편이 붙인 이름〉으로 추천을 받아 등단하였다. 대표적인 작품으
로는 〈반짝이던 작은 포구〉, 〈화려한 변신〉 등이 있다.

최성각 1955~

강원도 강릉에서 태어나 중앙대학교 문예창작과를 졸업했다. 「강원일보」와 「동아일보」 등의 신춘문예를 통해 등단했다. 「부용산」, 「택시 드라이버」, 「거위 맞다와 무답이」 등의 소설집과 생태에세이집 「달려라 냇물아」, 「날아라 새들아」를 펴냈다.

최은숙 1966~

1966년에 충남 연기 출생으로 한남대학교 국어교육과를 졸업했다. 1993년, 충남 서산 중학교에서 국어교사로 첫발을 떼었다. 1990년 「한길문학」에 〈연탄〉 외 두 편의 시를 발표하며 등단했고, 시집 「집 비운 사이」, 두 권의 교육 산문집 「세상에서 네가 제일 멋있다고 말해주자」, 「미안, 네가 천사인 줄 몰랐어」 등이 있다.

한수연 1950~

경남 통영에서 태어났고, 마산교육대학을 졸업했다. 1976년 「한국일보」 신춘문예에 동화 〈바람골 우체부〉가 당선되었으며, 1989년 경남신문 신춘문예에 수필 〈항아리 소묘(素描)〉가 당선되었다. 지은 책으로는 창작동화집 「발가락이 달린 해님」, 「다다의 섬」 등이 있다.

함민복 1962~

충북 청주에서 태어났다. 서울예술대학 문예창작과를 졸업했으며, 1988년 「세계의문학」으로 등단하여 젊은예술가상과 김수영문학상을 수상하였다. 시집으로 「모든 경계에는 꽃이 핀다」, 「말랑말랑한 힘」이 있고, 산문집으로 「눈물은 왜 짠가」, 「미안한 마음」이 있다.

지은이	작품명	교과서(국어, 생활국어)
강인선	우주에서 바라다보라	새롬(권) 생국2, 디딤돌(김)2
김남천	부덕이	좋은책(이)1
김용택	눈 감아라 눈 감아라	미래엔(윤) 생국2
김용택	딱새, 살구, 흰 구름, 아이들, 나	비상(조)1
김인숙	제주의 빛 김만덕	창비(김)1
나희덕	실수	미래엔(윤)2
류시화	피리 부는 노인	새롬(권)2
문혜영	어린 날의 초상	웅진(이)1, 교학사(김) 생국2
박동규	성장의 매듭	두산(우)1
박완서	꼴찌에게 보내는 갈채	미래엔(윤)1
박원순	아무나 가져가도 좋소	대교(박)2
법정	먹어서 죽는다	웅진(이)2, 미래엔(이) 생국1, 교학사(김)1, 금성(윤)1, 비상(조)2, 유웨이(이) 생국1, 디딤돌(김)2, 디딤돌(이)1
복효근	세상에서 가장 아름다운 손	해냄(오)2
서경식	어린아이의 눈물3	창비(김) 생국1
성석제	어느 날 자전거가 내 삶 속으로 들어왔다	미래엔(윤)2
성석제	젊은 아버지의 추억	디딤돌(이)2
안도현	연탄이 있던 집	비상(조)2
안네 프랑크	자유를 그리며	좋은책(이)2
안철수	내 삶의 가치	대교(왕)1
엄홍길	살아 있는 한 다시 올 수 있다	천재(노)2

지은이	작품명	교과서(국어, 생활국어)
윤석중	서서 자는 말아	미래엔(윤)1
윤오영	달밤	미래엔(윤) 생국2, 지학사(이)1, 해냄돌(오)1, 디딤돌(김)1
이경림	시금치 한 단의 추억	금성(윤)2
이금희	촌스러운 아나운서	웅진(이) 생국1, 대교(박)1
이문구	열보다 큰 아홉	미래엔(이)2
이범선	도마뱀의 사랑	디딤돌(김)2
이상석	외할매 생각	창비(김)2
이순원	나는 중학생	미래엔(이)1
이순원	큰 열매를 맺는 꽃은 천천히 핀다	지학사(이) 생국2, 해냄(오)2
장영희	엄마의 눈물	좋은책(이)1, 천재(박)2
장영희	괜찮아	새롬(권)2, 교학사(남)1, 천재(김)1, 대교(박)1
장회익	『초승달』의 추억	미래엔(윤)1
잭 캔필드 외 엮음	테디 베어	해냄(오) 생국2
정채봉	별명을 찾아서	천재(박)1
정태원	그해 여름 봉숭아 꽃물은	지학사(이) 생국1
최성각	달려라 냇물아	창비(김)1
최은숙	심재현, 사랑해	금성(윤) 생국2, 박영사(송)1
한수연	할아버지 손은 약손	비상(조)1
한은하	따뜻한 조약돌	디딤돌(이)2
함민복	그냥 내버려 둬 옥수수들이 다 알아서 일어나	새롬(권) 생국2

일러두기

1. 『생활국어』는 '생국'으로 표기했고, 나머지 『국어』는 표기를 생략함.

2. 1학년은 표기 없이 학기만 1, 2로 표기함.

3. 아래와 같이 23종 교과서와 대표 집필자를 줄여서 표기함.

교학사(김형철): 교학사(김)　　　　교학사(남미영): 교학사(남)
금성(윤희원): 금성(윤)　　　　　　대교(박경신): 대교(박)
대교(왕용문): 대교(왕)　　　　　　두산(우한용): 두산(우)
디딤돌(김종철): 디딤돌(김)　　　　디딤돌(이삼형): 디딤돌(이)
미래엔컬처그룹(윤여탁): 미래엔(윤)　미래엔컬처그룹(이남호): 미래엔(이)
박영사(송하춘): 박영사(송)　　　　비유와상징(조동길): 비상(조)
새롬교육(권영민): 새롬(권)　　　　웅진(이충우): 웅진(이)
유웨이중앙(이숙): 유웨이(이)　　　좋은책신사고(이승원): 좋은책(이)
지학사(방민호): 지학사(방민호)　　지학사(이용남): 지학사(이)
창비(김상욱): 창비(김)　　　　　　천재교육(김대행): 천재(김)
천재교육(박영목): 천재(박)　　　　천재교육(노미숙): 천재(노)
해냄에듀(오세영): 해냄(오)

작가	작품명	수록도서	출판사	연도
강인선	우주에서 바라다보라	머뭇거리지 말고 시작해 (공선옥 외)	샘터	2005
김남천	부덕이	조선문학독본	조선일보사 출판부	1938
김용택	눈 감아라 눈 감아라	그리운 것들은 산 뒤에 있다	창비	1997
김용택	딱새, 살구, 흰 구름, 아이들, 나	꽃을 주세요	백년글사랑	2003
김인숙	제주의 빛 김만덕	제주의 빛 김만덕	푸른숲 주니어	2006
나희덕	실수	반통의 물	창비	1999
류시화	피리 부는 노인	하늘 호수로 떠난 여행	열림원	1997
문혜영	어린 날의 초상	그리움을 아는 자만이 고통을 알리	지성	2006
박동규	성장의 매듭	내 생애 가장 따뜻한 날들	대산출판사	2007
박완서	꼴찌에게 보내는 갈채	꼴찌에게 보내는 갈채	세계사	2002
박원순	아무나 가져가도 좋소	성공하는 사람들의 아름다운 습관, 나눔	중앙M&B	2002
법정	먹어서 죽는다	새들이 떠나간 숲은 적막하다	샘터	1996
복효근	세상에서 가장 아름다운 손	http://www.boksiin.com		
현덕	나비를 잡는 아버지	집을 나간 소년	이문각	1946
서경식	어린아이의 눈물 3	소년의 눈물	돌베개	2004 (미수록작)
성석제	어느 날 자전거가 내 삶 속으로 들어왔다	농담하는 카메라	문학동네	2008
성석제	젊은 아버지의 추억	작은 도전자(안도현 외)	다림	2008

작가	작품명	수록도서	출판사	연도
안도현	연탄이 있던 집	연탄(스물네 개의 훈훈한 이야기)	문학동네	2004
안네 프랑크	자유를 그리며	안네의 일기	삼성출판사	1995
안철수	내 삶의 가치	나는 무슨 씨앗일까?	샘터	2005
엄홍길	살아 있는 한 다시 올 수 있다	8000미터의 희망과 고독	이레	2003
윤석중	서서 자는 말아	아동문학선 2	어문각	1970 (미수록작)
윤오영	달밤	고독의 반추	관동출판사	1974
이경림	시금치 한 단의 추억	언제부턴가 우는 것을 잊어버렸다	이룸	2008
이금희	촌스러운 아나운서	중학교 국어 1-1	교육인적자원부	2001
이문구	열보다 큰 아홉	끝장이 없는 책 (이문구전집19)	랜덤하우스코리아	2005
이범선	도마뱀의 사랑	한국의 명수필 1	을유문화사	2007
이상석	외할매 생각	사랑으로 매긴 성적표	자인	2002
이순원	나는 중학생	19세	세계사	2008
이순원	큰 열매를 맺는 꽃은 천천히 핀다	머뭇거리지 말고 시작해 (공선옥 외)	샘터	2005
장영희	괜찮아	견디지 않아도 괜찮아	샘터	2008
장영희	엄마의 눈물	내 생애 단 한 번	샘터	2000
장회익	「초승달」의 추억	공부도둑	생각의나무	2008

작가	작품명	수록도서	출판사	연도
잭 캔필드 외 엮음	테디 베어	마음을 열어주는 101가지 이야기3	이레	1997
정채봉	별명을 찾아서	스무 살 어머니	샘터	2008
정태원	그해 여름 봉숭아 꽃물은	아주 오래된 나무 (현대문학 수필작가회편)	세손	2005
최성각	달려라 냇물아	달려라 냇물아	녹색평론사	2007
최은숙	심재현, 사랑해	미안, 네가 천사인 줄 몰랐어	샨티	2006
한수연	할아버지 손은 약손	할아버지 손은 약손	하늘을나는 교실	2011
한은하	따뜻한 조약돌	TV동화 행복한 세상	샘터	2006
함민복	그냥 내버려 둬 옥수수들이 다 알아서 일어나	미안한 마음	풀그림	2006